KB162667

한석봉 평전

한석봉 평전

석봉 한호의
천자문 이야기

박종민, 다니엘 최 공저

목차

제1부
어머니의 사랑

제2부
천자문 이야기

제 1 부
어머니의 사랑

1. 스님의 예언

"그것 참……."

노인은 고개를 갸웃거리며 한참을 생각했다. 사각거리며 눈 내리는 소리 사이로 더 멀리서는 부엉이 소리도 들린다. 11월 중순의 초겨울 밤, 황해도 송도에서도 한참이나 떨어진 잠성마을은 겨울이면 호랑이도 심심치 않게 출몰하는 깊은 산골이었다. 뒷산에서 우는 부엉이 소리에 노인은 자리에서 일어나 곰방대를 찾았다. 쌈지에서 담배를 꺼내서 곰방대에 채우고는 부시를 켰다. 방문을 열어보니 하얀 눈이 제법 수북히 쌓여 있었다. 노인은 몸을 이리저리 흔들며 생각을 거듭했다.

"아무래도 범상치 않은 아이가 태어날 모양이로군."

노인이 내뿜은 담배연기가 이내 방안을 이리저리 맴돌았다. 노인이 잠을 이루지 못하고 생각에 생각을 거듭하는 이유는 바로 조금 전에 꾼 꿈 때문이었다.

꿈속에서 산신령 같은 노인이 나타났다. 구름에 쌓인 달빛을 받고 서 있는 노인은 얼굴빛이 환하게 빛나고 있었는데, 얼굴에서부터 흘러내린 흰 수염은 도포자락의 허리께까지 길게 늘어져 있었다. 그런데 보통의 산신령이라면 지팡이를 들고 있어야 할 터인데 꿈속의 노인은 지팡이 대신 길이가 석 자는 족히 되고도 남을 커다란 붓을 들고 있는 게 아닌가. 노인은 낭랑한 목소리로 말했다.

"나는 중국의 왕희지라 하오. 내가 이 집에 귀한 자손이 태어난다는 말을 미리 전하려고 이렇게 수만 리 길을 멀다 않고 찾아 왔다오."

노인은 너무나 황홀하여 말을 제대로 잇지 못한 채 산신령 같은 사람에게 더듬 더듬 물었다.

"왕희지라 하시면…… 제가 알기로는 중국 진나라 때의 명필이 아니신지……."

"그렇소. 내가 그대에게 이 붓을 전해 주려고 이렇게도 머나 먼 길을 달려 온 것이라오."

그러고는 커다란 붓을 노인 앞으로 휙 던져 주었다. 방바닥에서 난 둔탁한 소리 때문에 화들짝 놀란 노인

이 눈을 떠보니 꿈이었다. 그런데 산신령 같은 이가 던졌던 붓은 온데간데없고 은은한 달빛만이 창호지를 비추는 가운데 문밖에서는 바람소리와 산짐승들의 울음소리만이 들려올 뿐이었다.

노인의 꿈에 왕희지가 나타난 지 사흘이 지났다. 이제 곧 아기가 태어날 모양이었다. 동네의 부녀자들이 미역을 장만한다, 아기 씻길 물을 길어온다 하면서 부산하게 움직였다. 초겨울 첫눈이 온 뒤라 바람이 제법 차가웠다. 해가 뉘엿뉘엿 넘어가는데 누군가가 사립문 앞에서 목탁을 두드리고 있었다.

'날이 저물어 가는데 웬 스님이신가?……'

노인은 이런 생각을 하면서 사립문을 열었다. 노스님 한 분이 바랑을 지고서 목탁을 두드리고 있었다.

"떠돌이 승려올시다. 나무관세음보살……."

"우리도 형편이 그리 녹녹치 못하니 그저 체면치레만 하겠소이다, 스님."

노인은 시중을 들어주는 아낙에게 부엌에서 시주할 것을 좀 가져다 달라고 부탁하였다. 잠시 후 아낙이 좁쌀을 반 되만큼이나 퍼서 스님이 벌려주는 시주 자루

에 담았다.

"아들은 몸이 불편하여 자리에 누워 있고 며느리는 산달이 꽉 차서 내일모레 하는 형편이라 거동이 여의치 않다오."

노인이 민망해하며 변명 아닌 변명을 하자 스님은 집안을 둘러 본 후 나지막하게 속삭인다. 마치 큰 비밀이라도 알려준다는 표정이었다. 마당에는 엊그제 내린 눈이 아직도 그대로 쌓여 있었다.

"장차 이 댁에 큰 인물이 날 것이오. 소승이 며칠 전 점을 쳐보니 '옥토끼가 동쪽에서 태어나 낙양(洛陽)의 종이 값을 올릴 것이다'라는 점괘가 나왔소이다. 이 댁에 태어날 아기는 분명 해동 제일의 명필이 되어 후세에 그 이름을 길이길이 떨칠 것이외다."

스님은 알 듯 모를 듯 모호한 말을 남기고 기울어진 해를 바라보며 형제봉 쪽으로 휘적휘적 사라져갔다.

밤새 며느리의 산통이 계속되었고 이웃집 여인네들이 수발을 해 준 끝에 드디어 새벽녘에 아기가 태어났다. 그 어려운 집안 형편 속에서도 며느리가 떡두꺼비 같은 아들을 낳아 주었으니 노인의 기쁨은 이루 말할 수가 없을 정도였다. 왜 안 그렇겠는가. 아들은 몸이 약하여 항상 자리보전하고 누워 있는 형편이고 보니, 노인은 자신의 대에 와서 손이 끊기는 것은 아닐까 하여 노심초사 하던 중이었던 것이다.

며칠이 또 지났다. 아기가 어미의 젖을 먹는지 조금 전까지만 해도 세차게 울어대던 울음소리가 잠잠해지고 달빛은 교교한 저녁이었다. 노인은 아들과 함께 저녁을 마친 후 잠시 환담을 나누었다. 아들은 자식을 본 일에 고무된 것인지 아기가 태어난 이후부터는 부쩍 얼굴에 화색이 돌며 바깥출입도 자주하는 편이었다. 아마도 대를 이을 자식을 보았다는 사실이 없던 힘마저도 생기게 하는 모양이었다.

"네가 어서 빨리 건강을 회복하여 아이의 앞날을 준비해 주어야 하지 않겠느냐?"

이렇게 말하는 노인은 아버지 한세관(韓世寬)이요, 그 앞에 무릎을 꿇고 앉아 있는 사람은 그의 아들인 한언공(韓彦恭)이다. 아들은 아직 서른 살도 되지 않았으나 어찌된 일인지 몸이 부실하여 병치레로 나날을 보내는 중이었다.

노인은 손자가 태어나자마자 기다렸다는 듯이 호

(濩)라는 이름을 지어 주었다.

한 노인은 비쩍 야윈 아들을 몹시 측은한 듯 바라보면서 말을 건넸다.

"지금에야 말하지만 손자 녀석이 태어나기 전에 내게 두어 가지 희한한 일이 있었단다."

아들은 호기심이 가득 찬 얼굴로 아버지를 바라보았다. 한 노인은 몸을 좌우로 흔들며 아들에게 말을 이었다.

"아 글쎄 며칠 전 꿈에 왕희지라는 분이 나타나서는 저 녀석에게 붓을 선물한다고 하지 않더냐. 그리고 그 사흘 후에는 어떤 스님이 와서 저 아이가 해동 제일의 명필이 된다고 하더구나. 뭐 낙양의 종이 값이 저 아이 때문에 올라간다나?"

"왕희지라면 중국의 그 유명한 서성(書聖)으로 추앙받는 명필 아닙니까?"

아들은 힘든 중에서도 입을 열어 아버지의 말에 맞장구를 쳤다.

"그렇지. 지금으로부터 무려 천여 년 전에 살았던 진(晉)나라 제일의 명필이지. 그 사람의 난정서(蘭亭序)라는 작품은 지금도 중국에서 최고의 보물로 친다

더구나. 너 몸이 좀 견딜만하면 내가 그 이야기를 좀 더 해 주랴?"

　노인은 아들의 몸 상태가 어떤지 몰라 하고 싶은 이야기를 계속해도 될지를 묻는 것이었다. 옆방에서는 며느리가 젖을 물리다가 함께 잠이 들었는지 코고는 소리와 아기의 새근대는 소리가 함께 들려왔다. 아들이 고개를 들어 아버지의 이야기를 재촉하자 한 노인은 말을 계속했다.

　"아 글쎄 왕희지 선생이 쓴 난정서라는 작품이 내 꿈속에 나오더구나. 나도 실은 그것을 말로만 들었지 실제 본 적은 없었는데, 꿈에 아주 선명하게 '영화 9년 세재 계축 늦봄 초에 회계산 북쪽 난정에 사람들이 모여……' 이런 내용의 난정서 두루마리가 주르륵 내 앞에 펼쳐지더구나. 글씨를 좀 쓴다하는 사람들이라면 누구나 보고 싶어하는 작품이지. 오죽했으면 후일에 당태종이 그것이 너무나도 갖고 싶어서 훔쳐오기라도 하라고 부하들을 닦달했다는 이야기까지 전해진다고 하는구나."

　모처럼 아들이 병석에서 힘을 내어 자기의 이야기에 귀를 기울이자 노인은 자신이 하던 이야기에 저절로

신명이 났다.

"그리고 우리 집에 찾아왔던 그 스님인지 점쟁이인지 모를 분 말이다. 그분의 말은 호가 태어남으로 해서 낙양의 종이 값이 올라갈 것이라고 했는데, 낙양이라면 중국의 수도인데, 조선의 이 한미한 황해도 땅에서 아기 하나가 태어났다고 해서 어찌 중국의 종이 값이 올라가겠느냐? 이건 필시 호가 장차 조선과 중국 모두에 이름을 떨칠 명필이 된다는 말이 아니겠느냐?"

아들은 그저 죄스러울 뿐이었다. 한때는 꽤 높은 벼슬까지 하셨던 아버지인데 자신이 몸이 약하여 그 뒤를 잇지 못하니 어찌 아니 원통한가. 과거 시험을 준비하고는 있지만 몸이 부실하니 언제 어떻게 될지 앞날을 기약할 수가 없는 형편이다. 더군다나 양반가에서 태어나 곱게 자란 부인은 어려운 살림을 어떻게든 꾸려 보겠다고 떡장수를 하기도 하고 이곳저곳 일을 다니지 않는가. 그래도 며칠 전에 태어난 아들놈이 그렇게도 훌륭한 재목이 된다니 아들에게 기대를 걸고 살아볼 작정을 하며 한언공은 주먹을 꽉 움켜쥐었다.

한호가 태어나던 때를 전후 한 세상은 어떠했을까?

왜 호의 할아버지는 시골로 낙향하여 아들과 손자를 돌보며 살아야 했을까?

한호가 태어나던 1543년 전후의 조정은 당파싸움으로 날이 새고 날이 저물던 시기였다. 호가 두 살되던 해에는 중종임금이 승하하시고 그의 외아들인 세자 이호가 왕위를 이어받으니 그가 곧 조선의 12대 왕 인종이다. 우리 조선의 역사에서 인종은 여러 가지 면으로 볼 때 제5대 왕인 문종과 매우 흡사하다.

우선 매우 긴 세월 동안 세자로 있으면서 선왕을 보필하였다는 점이 그러하다. 문종은 세종의 맏아들로 태어나서 무려 29년 동안을 세자로 있으면서 선왕인 세종임금을 보필하였다. 인종 역시 다섯 살에 세자에 책봉되어 그 후 왕이 될 때인 30세까지 무려 25년 동안을 세자로서 아버지인 중종임금을 보필하였다.

두 번째로는 효성이 지극하였다는 공통점이 있다. 야사에 따르면, 인종이 세자 시절 그가 빈궁과 함께 잠자리에 들었는데 세자궁에 불이 났다. 그 불을 일으킨 사람이 다름 아닌 계모 문정왕후 윤 씨라는 것을 익히 짐작하고 있던 세자는 '어머니가 나를 그토록 미워하시니 어머니를 위해서 일찍 죽어주는 것도 도리'라고 하면서 불 속에서 나가지 않으려고 하였다. 그러자 빈궁이 자신만 혼자서는 결코 나갈 수 없노라고 완강히 버티자 하는 수 없이 불 속을 헤치고 나왔다고 한다.

후일 임금으로 등극하여 불과 9개월 만에 승하한 것도 다 인종의 효심에서 비롯되었다는 이야기이다. 계모 문정왕후 윤 씨는 인종을 볼 때마다 '내 아들을 언제 죽일 것이냐?'고 윽박질렀다고 한다. 윤 씨의 아들이란 다름 아닌 인종의 이복동생으로 후일의 명종을 일컬음이다. 하루는 인종이 문안 인사차 대비 전을 찾아 갔는데 문정왕후가 평소와는 다르게 웃음을 가득 띤 얼굴로 떡을 내놓았단다. 아무런 의심도 하지 않고 그 떡을 받아먹은 인종 임금은 그 후로 시름시름 앓더니 결국 몇 달 후에 승하 하였다.

세 번째로는 두 분의 임금 모두 금욕적인 생활을 하였으며 도학정치를 꿈꾸었다는 사실이다. 문종은 선왕 세종이 18남 4녀를 남긴 것과 다르게, 자신은 후일 단종이 되는 아들 하나와 딸 둘만을 남겼다. 인종 역시도 무척이나 검소하고 낭비를 싫어하였는데, 그는 임금의 자리에 앉자 궁궐 내에서 화려한 옷을 입은 궁녀들을 모두 내쫓아 버렸다고 한다.

한세관은 벼슬길에서 밀려나 황해도 해주 근처로 낙향할 때만 하더라도 머지않아 다시 복직되지 않을까 하는 기대감을 가지고 있었다. 그러나 호가 태어나고 다음 다음 해에 명종 임금이 등극하자 임금의 외삼촌인 윤원형이 모든 실권을 장악하게 되었다. 그런데 윤원형은 한세관이 모시던 윤임 대감과는 앙숙이었던 것이다. 그런 연후로 인하여 한세관은 벼슬길이 막혀 버렸고 이때부터 그는 더 이상 벼슬에 미련을 두지 않기로 하였다.

2. 어머니의 헌신

　며느리는 어려운 형편을 잘도 수습해 나갔다. 며느리가 만드는 떡은 장날에 그저 가난한 사람들이 요기만 하는 그런 떡이 아니었다. 며느리는 원래 상민 출신이 아닌 어엿한 양반가의 딸이었다. 수원 화성에 본관을 둔 수원 백 씨 가문은 참판의 벼슬에까지 오른 분을 세 분이나 배출한 명문가였다. 그런 문중에서 한세관이 한양의 호조 정랑으로 있을 때에 서로 연이 닿아 며느리로 들인 것이었다.

　어찌어찌하여 이제 집안이 몰락하여 황해도 변방의 산골에까지 와서 은거하게 된 것이지만 한호의 조상은 안과 밖으로 명문 양반가임에 틀림이 없었다. 그런 집안의 딸이니만큼 며느리가 만드는 떡은 송도 인근에 널리 알려져서, 웬만큼 행세를 한다하는 양반가들은 무슨 행사가 있을 때마다 한호의 어머니에게 음식

을 부탁했던 것이다.

며느리는 음식 솜씨만 좋은 게 아니었다. 어려서부터 익힌 가야금 솜씨는 웬만한 기녀들과 견주어도 전혀 손색이 없을 정도였다. 그런 연유로 한세관 노인은 인근의 친구들에게 인기가 좋았다. 가끔씩 친구들이 찾아와 사랑에서 막걸리 잔이라도 기울일 때면 어느 사이에 며느리는 가야금을 준비하여 노인들의 취흥을 돋우어주었다. 비록 누추한 초가의 사랑이지만 며느리가 정성들여 준비한 술과 안주가 있고 또 안채에서 들려오는 가야금소리가 있으니 노인들은 가히 신선이 부럽지 않았다.

한세관 노인은 아직까지 한양 사람들과도 교류가 활발하여 수시로 찾아오는 사람들이 많았다. 하루는 평소에 막역하게 지내던 묘향산 지봉사의 주지스님 청운이 찾아 왔다.

"아이고, 스님이 무슨 바람이 불어서 이렇게 예까지 오셨단 말이오?"

반가움에 손을 내미는 한세관 노인에게 청운 스님은 파안대소를 하면서 농을 걸어왔다.

"어른께서 어찌 아녀자들처럼 아기를 업고 서성이 시오? 이제 노망이 나신 것이오?"

"허허허, 아닙니다. 이렇게 귀한 손주 녀석을 등에 업고 있으면 마치 온 천하를 다 얻은 것만 같다오. 이런 기분을 아마 스님은 짐작하지 못하실 게요."

두 사람은 사랑채로 들어갔다. 비록 초가지만 그래도 안채와는 구분되는 버젓한 사랑채가 마당 건너편에 자리 잡고 있었다. 이제는 여름의 끝물이라 제법 선선한 바람이 불어왔다. 이때 안에서 호의 어머니가 반색을 하며 나온다. 이미 십여 차례 이상을 왕래가 있던 터인지라 호의 어머니도 청운 스님과는 그다지 내외를 하지 않았다.

잠시 후, 호의 어머니는 작은 소반에 곡주와 푸성귀로 담근 김치를 차려 사랑으로 왔다. 두 사람이 곡주를 들이키는 옆으로 호가 엉금엉금 기어 다니며 스님의 옷자락도 만져보고 할아버지의 무릎도 두들겨 보곤 한다. 기골이 장대한 청운 스님은 무인으로 나섰더라면 한 자락 하고도 남을 위인이었다.

"제가 이렇게 먼 길을 마다 않고 예까지 온 것은 바로 이 아이 때문입니다."

청운 스님은 호를 안아 무릎에 앉히고는 그 얼굴을 자세히 들여다보면서 말을 이었다.

"며칠 전 법당에서 홀로 독경을 하고 있는데 갑자기 제 의지와는 전혀 다르게 엉뚱한 말이 튀어나오지 않겠습니까? 제가 '무상심심미묘법 백천만겁난조우……'하면서 금강반야바라밀다 경을 외우고 있는데, 아니 글쎄 제 의지와는 전혀 관계없이 '해동제일필봉태(海東第一筆峰胎) 황해송도세관손(黃海松都世冠孫)'하면서 자꾸만 어린 아이의 희미한 얼굴이 떠오릅디다. 다음 독송 '아금문견득수지 원해여래진실의……으로 도무지 이어지지를 않습니다, 그려. 원 절밥 30년에 이런 일은 처음인지라 며칠을 끙끙대다가 별 일이 다 있다 싶어 이렇게 찾게 된 것이랍니다."

"아니, 그렇다면 그건 바로 내 손자 녀석이 해동 제일의 명필이 된다는 말이 아니오?"

노인의 눈에는 놀라움이 가득했다. 어찌 불공을 드리는 스님의 염불 속에 자기 손자가 등장한다는 말인가. 노인은 손으로 수염을 쓰다듬으며 스님을 놀라운 눈으로 바라보았다. 청운 스님은 방안에 그득한 서책을 보면서 다시 곡주를 한잔 들이키고 말을 이었다.

"이 댁에서 손주를 보았다는 소문은 바람결에 들어 알고 있었으나, 그 아이가 과연 천하제일의 필봉으로 태어날 것인지를 확인하려고 하룻 길을 찾아 온 것이외다. 여기 아기에게 줄 선물도 이렇게 준비하여 왔소이다."

그러면서 스님은 바랑에서 붓과 벼루, 그리고 고운 습자지를 한 묶음 꺼내어 아이의 앞에 놓았다. 그런데 놀랍게도 아이는 그 중에서도 선뜻 붓을 움켜잡는 게 아닌가.

아까부터 부엌 쪽에서 향긋한 기름 냄새가 풍겨 나오더니 이내 먹음직스러운 두부전을 작은 소반에 얹은 채 백 씨가 사뿐히 사랑채로 다가온다. 청운 스님의 불쾌해진 얼굴을 바라보면서 한세관 노인은 망설이다가 기어이 말을 꺼내고 말았다.

"스님, 이제야 말인데 실은 이 아이가 태어나기 며칠 전에 한 스님이 찾아왔습니다. 염불소리가 예사롭지 않아 필시 어느 절의 스님이려니 하고 시주를 하여 정중히 보내드렸습지요. 아, 그런데 그분이 하시는 말씀이 장차 우리 집에 태어날 아기로 인하여 '낙양의 종이 값이 올라간다'는 말을 하더군요."

그 말을 듣자 청운스님이 깊이 생각하는 듯 심각한 표정을 짓더니 한세관 노인에게 반문한다.

"혹여 그 스님이라는 분이 남루한 차림에 기골이 아주 장대한 분이 아니던가요? 손에는 대나무 지팡이를 짚고 계시지 않던가요?"

"네, 맞습니다. 다른 건 몰라도 키가 크고 몸집이 우람하였던 기억이 납니다. 첫눈에 무인으로 나섰더라면 장군은 되고도 남았겠다 싶었지요. 대나무 지팡이를 들고 계시던 모습도 또렷합니다."

한세관 노인의 대답에 청운 스님은 무릎을 탁! 치면서 말을 잇는다.

"맞습니다. 그분은 걸인이 아니라 바로 양주 회암사의 반월암이라는 암자에서 칩거하고 계신 무령 스님이 틀림없소이다. 우리 출가한 사람들 사이에서는 미래를 알아맞히는 예지력이 대단한 스님으로 소문이 자자하지요. 소승은 3년 전에 회암사에서 법회가 있었을 때 그분을 딱 한 번 뵌 적이 있습니다. 그분이 그런 말씀을 하셨다면 틀림없을 겝니다."

한세관 노인도 연신 고개를 끄덕이며 청운 스님의 말에 동의를 하는 표정이었다. 허연 수염을 쓰다듬으

며 무척이나 만족해하는 모습이었다.

"호오, 도대체가 뜬금없는 말이라 그냥 지금껏 반신반의 하면서 지내왔는데 오늘 스님의 말씀을 듣고 보니 이제는 확신이 섰습니다. 이제 저 아이를 잘 뒷바라지 해야지요."

"저 역시도 부처님께 날마다 기구하렵니다. 이제 해동 제일의 명필이 태어났으니 그 이름을 만방에 떨치는 것은 시간문제로군요, 허허허!"

두 사람은 밤이 이슥해질 무렵까지 계속하여 곡차를 마시며 세상 돌아가는 이야기, 아이의 장래 이야기, 절간의 풍속과 스님들의 이야기를 하면서 회포를 풀었다.

온 나라에 극심한 가뭄이 계속되었다. 여름이 다가오자 엎친 데 덮친 격으로 전염병까지 돌아 고을마다 죽어가는 사람들이 차고 넘치게 되었다. 평소에 몸이 허약했던 호의 아버지도 이 재난을 비켜가지 못하였다. 부인은 없는 살림에도 시아버지를 지극정성으로 모신다, 남편의 병수발을 한다, 또 아이를 키운다 하며 정신없이 이리 뛰고 저리 뛰었다. 더군다나 가뭄까지 극심하니 동네 우물에서는 물이 나오지 않아 앞여울골이라는 동네까지 가서 물을 길어와야만 하였다. 꼬박 왕복 10리길을 물동이를 이고 다녀오는 것만으로도 반나절이 걸릴 정도였다. 그래도 양반가의 후손이라고 물과 땔감 같은 허드렛일은 뒷집의 박 서방 내외가 거들어주고는 있지만 호의 어머니 입장에서는 없는 살림에 그런 일이라고 전적으로 뒷집에만 의지할 수도 없는 노릇이었다. 왜냐하면 그들에게도 사례를 하여야 하고, 그러자면 생활비가 더 들기 때문이었다. 그래서 박 서방네 툇골 댁이 물동이를 이고 나설 때는 백 씨도 가끔씩 함께 따라가 주곤 하였다.

그러던 어느 날 남편은 자신의 마지막을 느꼈는지 아들을 데리고 오라고 하였다.

"여보, 내가 아무래도 오늘 밤을 넘기지 못할 것 같소. 내가 없더라도 부디 호를 잘 키워주오."

남편의 야윈 손을 쥐고 있던 부인 수원 백 씨는 남편의 몸에 엎드리며 흐느껴 울었다. 밖은 바람 한 점 없이 무더운데 여름 매미들만 줄기차게 울어대고 있었다.

"우리 아들 손이 참으로 따뜻하구나. 아들아, 글씨

공부 열심히 하거라. 너는 틀림없이 이 나라 제일의 명필이 될 것이야. 할아버지와 엄마 말씀 잘 들어야 한다."

아이는 그저 아버지에게 손을 맡긴 채 눈만 껌뻑거릴 뿐이었다. 그런 아들을 끌어안고 백 씨 부인이 오열을 한다.

"여보, 그런 말씀 하지 마시고 지금이라도 기운을 차리세요. 이 몸이 뼈가 으스러지는 한이 있더라도 당신의 병구완을 기어코 해내고야 말겠어요. 제발 힘을 내셔요."

아버지도 아들의 병세가 심상치 않음을 알고는 문밖에서 방안의 동태에 귀를 기울이며 연신 헛기침만 하며 서성일 뿐이었다.

"우리 호 말이오. 이 아이가 태어날 때 아버님께서 신령한 꿈을 꾸셨다고 하니 장차 큰 재목이 될 것이오. 이 아이가 잘 되는 모습을 내가 하늘에서 내려다 볼 것이니 당신이 고생스럽더라도 잘 참고 견디어 주오. 당신을 더 이상 지켜주지 못해서 그저 죄스러울 따름이오. 그리고…… 아버님을……."

한언공은 숨이 차는지 연신 기침을 해대며 아버지를

불러 달라고 했다. 밖에서 방안의 동정에 귀를 기울이고 있던 노인은 서둘러 방안으로 들어 왔다. 그러고는 침통한 표정으로 아들의 곁에 앉았다.

"아버님, 제가 이렇게 먼저 떠납니다. 세상에 이렇게도 불효막심한 자식이 되어 버렸습니다. 그저 죄스러울 따름입니다."

아버지는 침통한 표정을 지으며 아들의 손을 꼭 잡았다. 아들의 이마에 송송 맺힌 땀을 손으로 문질러 주었다. 세상에 아들을 사랑하지 않는 아버지가 있을까? 아버지의 눈에서도 눈물이 뚝뚝 떨어져 내렸다.

아들은 저녁 내내 거친 숨을 내쉬며 괴로워하다가 밤 자시(子時 12시)가 조금 지나 마침내 숨을 거두었다.

그 지독한 가뭄 속에서 겨우 겨우 장사를 치르고 나서 모든 객들이 다 돌아가자 정말 거짓말처럼 비가 오기 시작하였다. 빗방울이 후드득 거리는가 싶더니 이내 장대비로 변하였다.

"야, 비가 온다. 비가 와!"

불과 30여 호의 동네에 집집마다 사람들이 비를 반

기는 소리가 여기저기서 들려나왔다. 모두가 초가지붕 처마 밑에 항아리를 받쳐 놓는다 하면서 빗물을 담기에 여념이 없었다.

한세관 노인은 밖으로 나와서 하염없이 비를 맞으며 하늘을 올려다보고 있었다. 그리고 조그만 목소리로 다짐하였다.

"허허, 아들 녀석이 하늘로 떠나면서 신령님께 크게 기도를 올린 모양이로세. 장사가 끝나자마자 이렇게 장대비가 쏟아지다니……. 내 기필코 저 손자 녀석을 잘 키워서 조선 제일의 명필을 넘어 그 이름이 장차 중 국에까지 떨치도록 해야지. 그래야 아들놈을 하늘에서 만나더라도 얼굴을 들 것이 아닌가."

3. 삽살이와의 만남

송도 덕적산 기슭의 잠성마을에도 봄이 왔다. 온갖 꽃들이 피어나고 나비들이 꽃을 찾아 여기저기를 날아다녔다. 맑은 하늘 아래 한 무리의 조무래기 아이들이 산기슭의 무덤가에서 병정놀이를 하고 있었다.

"야, 나는 이성계 장군이다. 여진족들은 모두 물러나라!"

그러자 뒤에서 아이들이 함께 목소리를 모아 화답한다.

"오랑캐는 물러나라! 물러나라! 와~ 와~"

아이들은 모두 제대로 먹지 못해 얼굴이 누렇게 뜨고 코에서는 콧물이 줄줄 흘러내리고 입성조차도 허름하기 짝이 없었다. 그래도 그들은 무엇이 그리도 좋은지 손에 막대기며 솔가지, 부지깽이 들을 들고 대장의 뒤를 따라다니며 소리를 지르고 있었다. 대장이라는 아이의 손에는 긴 장대가 들려 있었는데, 그 끝에는 두 더쥐 한 마리가 꽂혀 있었다. 아마도 무덤 아래 밭에서 잡은 모양이었다.

그런데 10여 명의 아이들 중 한 꼬맹이는 형들의 그런 놀음과는 전혀 어울리지 않게 무덤가 양지바른 곳에 조용히 앉아서 연신 풀밭에 무언가를 그리며 혼자 놀고 있었다. 그 아이는 나뭇가지를 길게 옆으로 긋기도 하고 아래로 힘차게 내리 긋기도 했다.

한호였다. 호는 동네 아이들과 친하게 지냈지만 그들이 하는 병정놀이나 대장놀이 따위에는 별 관심이 없었다. 대신 호는 언제 어디서나 기회가 주어지면 글씨 연습을 하곤 했다. 벌써 잠성마을은 말할 것도 없고 인근의 송도, 저 멀리 연백, 파주까지도 '할아버지 스승과 손자 제자'에 대한 이야기며 '잠성마을 꼬마 명필'에 대한 소문이 자자하게 퍼져 있었다.

할아버지와 손자의 글공부는 호가 4살 되던 해 겨울부터 본격적으로 시작되었다. 그전까지는 한세관 노인도 아이에게 공부를 시키고는 싶었지만 너무 일찍부터 하는 것이 좋지 않다고 생각하여 참고 있었다.

어느 날 노인은 며느리를 불러 아들이 쓰던 천자문을 꺼내오라고 시켰다. 잠시 후 색깔이 누렇게 바래고 이곳저곳이 너덜너덜해진 천자문을 꺼내오는 며느리의 눈가에서는 눈물이 방울방울 떨어져 내리고 있었다. 생전에 남편이 어려서 쓰던 것이었으니 남편 생각이 났으리라. 노인은 먼지를 조심스레 털고는 손자를 무릎 위에 앉히었다.

"호야, 오늘부터는 이 할애비와 글공부를 하는 거란다. 글을 읽어야 장차 훌륭한 사람이 된단다. 알겠느냐?"

그러면서 할아버지는 손자를 무릎에 앉혀 놓고 몸을 이리저리 흔들며 천자문을 읽기 시작했다.

"하늘 천 따 지……"

"하늘 턴 따아 디……"

"검을 현 누를 황……"

"검으 연 누르 왕……"

손자는 할아버지가 자기의 손가락으로 짚어주는 天地玄黃 글자를 하나하나 눈으로 따라가며 곧잘 읽었다. 손자가 따라하면 노인은 말뜻을 풀이하여 주었다.

"이 말은 '하늘은 검고 땅은 누르며 우주는 넓고도

크다'는 뜻이란다. 알겠느냐?"

아이는 말뜻을 알 리 없건마는 그래도 고개를 끄덕여서 할아버지를 기쁘게 해 주었다. 호롱불이 타고 화로에서 탁! 탁! 밤이 튀는 소리가 났다. 할아버지는 밤을 화롯불 속에 넣어두고 호가 지루해질만하면 하나씩 꺼내서 까주며 글 읽기를 계속하였다.

그렇게 한래서왕 추수동장(寒來暑往 秋收冬藏:추위가 오고 더위가 가니 가을엔 거두고 겨울엔 갈무리하

여 둔다)을 거쳐, 효당갈력 충즉진명(孝當竭力 忠則盡
命: 효도는 마땅히 온 힘을 다해야 하고 충성은 목숨도
바쳐야 한다)도 지나고, 맹가돈소 사어병직(孟軻敦素
史魚秉直: 맹자는 도타운 사람이었고 사어는 강직했
다)도 지나면, 맨 마지막의 위어조자 언재호야(謂語助
者 焉哉乎也: 어조사에는 언재호야가 있다)에 다다르
게 되면 한 번의 천자문 공부가 끝나는 것이다.

이렇게 겨우내 어린 호의 천자문 따라 읽기는 계속
되었다. 그 사이에 호는 무려 10여 회를 할아버지 무릎

에서 알지도 못하는 글을 따라 읽으면서 천자문을 줄 줄 외우게 되었다.

　세월은 참으로 유수와 같다더니 어느덧 호의 나이 여섯 살이 되었다. 그 때 호에게 기막히게 좋은 일이 생겼으니, 그건 바로 삽살이라는 친구가 생긴 일이었다. 삽살이는 이제 몇 달 정도나 되었을까 하는 강아지인데, 그야말로 난데없이 어느 날 새벽에 불쑥 호의 앞에 나타났다.

　어느 날 아침에 잠에서 깨어나 보니 할아버지와 어머니가 털북숭이 강아지 한 마리를 앞에 놓고 서로 머리를 쓰다듬어 주고 계셨다. 호는 이게 웬 떡인가 싶어 다짜고짜로 강아지를 끌어안았다. 강아지는 이제부터 호가 자기의 주인이 되리라는 것을 알았는지, 다소곳이 안겨서 호의 손등을 핥아댔다. 삽살이가 호의 집에 오게 된 과정은 이랬다.

　전날도 하루 종일 장터에 나가서 일을 하고 온 뒤라 백 씨 부인은 집안일을 다 마치고 자리에 눕자마자 잠에 곯아 떨어졌다. 그런데 비몽사몽간에 이상한 소리를 들었다. 낑낑거리는 소리 같기도 하고 찍찍거리는

소리 같기도 한 이상한 소리가 계속하여 사립문 밖에
서 들려오는 것이 아닌가. 백 씨 부인은 빗소린가? 아
니면 무슨 짐승이 왔나? 하는 생각에 잠에서 깨어났
다. 혹시라도 호가 아픈 것은 아닐까 하여 옆을 보니
호는 새근거리며 깊은 잠에 빠져 있었다.

　등불을 들고 밖으로 나와 보니 뜻밖에도 툇마루 바
로 앞에 할아버지가 무언가를 끌어안고 계신 것이 아
닌가. 자세히 보니 할아버지의 품에는 강아지 한 마리
가 안겨 있었다. 놀라서 눈을 동그랗게 뜬 며느리에게
할아버지는 자초지종을 이야기 해 주셨다. 벌써 밖은
부옇게 새벽이 밝아오고 있었다.
　"아마 누가 갖다 버린 모양이다. 발바닥이 아픈지

이렇게 만지지도 못하게 하면서 낑낑거리고 있구나."

백 씨 부인이 등불을 들이대고 자세히 살펴보니 강아지는 앞발에 커다란 가시가 박혀 있었다. 그래서 그곳에 무언가가 닿을라치면 고통스럽게 몸부림을 치는 것이었다. 가시를 빼려고 해 보았지만 그럴 때마다 조그만 강아지는 모든 발톱을 세우고 격렬하게 저항하였다. 피가 계속 흘러내리는 것으로 보아서는 아마도 가시가 박힌 지는 얼마 되지 않은 것 같았다. 날이 완전히 밝자 할아버지와 백 씨 부인은 강아지를 안고 집 뒤의 박 서방 네로 갔다.

가시는 박 서방 부부가 한참을 고생한 후에야 겨우 빼낼 수 있었다. 뽑아내고 보니 그것은 커다란 바늘의 부러진 토막이었다. 어찌하여 이불을 만들 때나 쓰는 대바늘 토막이 이런 조그마한 강아지의 앞발에 꽂히게 되었는지를 알 길은 없으나, 침을 뽑아내고 그 상처부위에 된장을 발라주기를 며칠 동안 계속하자 강아지는 곧바로 건강해졌다. 백 씨 부인은 혹시 이 강아지가 인근 부락의 다른 집에서 도망 나온 것인가 하여 온 동네 사람들에게 물어보았지만 본 적이 없다는 대답뿐이었다. 아마도 타지 사람이 집에서 키우다가 귀찮으니까 남의 집 대문 앞에 버리고 간 모양이었다.

삽살이가 오고 나서부터 호는 잠시도 강아지와 떨어질 줄을 몰랐다. 엄마가 아침 일찍 장터로 떠나면 그때부터 호는 글씨를 써도 삽살이를 옆에 두고 썼고, 밥을 먹어도 삽살이와 함께 먹었다. 호는 오늘도 글공부에 여념이 없었다.

4. 서당에서의 수학

　새해가 되고 설이 지나자 한세관 노인은 본격적으로 아이에게 붓글씨를 가르치기 시작하였다. 이미 천자문은 통달할 정도로 달달 외운 호였지만 아직 글씨를 쓰는 연습은 시키지 않고 있었다.

　할아버지는 호를 사랑채에 앉혀 놓고는 벼루와 먹을 그 앞에 놓았다. 그러고는 마음을 가다듬는 방법부터 차근차근히 설명해 나갔다.

　"먼저 먹을 갈 때는 마음을 차분히 가라앉혀야만 한단다. 이렇게 벼루 위에 물을 조금 붓고는 먹을 천천히 돌리면서 간단다. 먹을 항상 똑바로 고추 서게 한 다음, 자. 보거라. 이렇게 둥글게 원을 그리면서 천천히 갈아나가는 거야."

　동그란 얼굴에 붉은 뺨의 어린 손자는 할아버지의

八奉母儀

仁慈隱惻

말씀을 알아들었는지 그 자그마한 손으로 먹을 집어 들었다. 하얀 무명 바지저고리를 단정히 입은 아이는 여느 동네 아이들처럼 코를 질질 흘리지도 않았다. 무릎을 꿇은 아이의 등 뒤로는 어머니 백 씨가 정성들여 땋아 준 머리채가 가지런히 내려와 있었다.

"그래, 그래. 획을 내려 그을 때는 힘차게 그어야 하느니라."

한세관 노인은 붓을 쥐는 법, 위에서 아래로 내리긋는 법, 그리고 왼쪽에서 오른쪽으로 긋는 법을 알려 주었다.

"그래, 그렇게 위에서 아래로 내려 그을 때는 힘차게 그어야 하고, 옆으로 쓸 때는 높낮이가 일정해야 한단다. 오르락내리락 하면 못쓰는 법이야."

다섯 살짜리가 무얼 알까 싶었는데, 그래도 그렇게 하루하루를 열심히 배워나가자 여름철이 되면서부터는 제법 글씨에도 틀이 잡히기 시작했다. 그러나 그때까지 몇 달 동안 어린 호가 연습한 것은 벼루에 먹을 가는 법, 그리고 위에서 아래로 내리 긋는 법과 옆으로 긋는 법 등, 아주 기본적인 것에 불과했다.

여름철에 접어들면서부터는 본격적인 글씨 연습에

들어갔다. 이제 어린 호는 내리긋기와 옆으로 쓰기는 수천 번도 더 하여 가히 달인의 경지에까지 도달하였다.

"할부지, 먹을 다 갈았어요."

"오냐, 오냐. 아주 진하게 잘도 갈았구나. 자 그럼 오늘은 가장 기본이 되는 이 글자를 써 보기로 하자꾸나."

글자를 쓰기 시작한다는 말에 어린 손자는 눈을 초롱초롱 빛내며 단정하게 서안 앞에 더 바짝 다가들었다.

"자, 이 글자가 무슨 자인지 알겠느냐?"

할아버지가 써 보인 글자는 영(永) 자였다.

"네, 길 영자요."

한세관 노인은 화들짝 놀랐다. 아이가 천자문을 외운다고는 하지만 그건 그냥 음만을 따라하는 것이려니 생각하고 있었다. 그런데 지금 이 글자를 안다면 다른 글자들도 꽤 많이 알고 있는 것이 아닐까?

'허어, 이 아이가 정녕 천재런가?'

그런 생각을 하면서 한세관 노인은 수염을 쓰다듬었다. 수염을 쓰다듬는 행동은 무언가 만족스러운 일이

있을 때 보이는 습관이었다.

"그래, 우리 호가 참으로 똑똑하구나. 이 글자는 길 영자니라. 그런데 이 글자를 처음으로 네게 써보도록 하는 이유는, 이 글자에는 글씨의 모든 기술이 다 들어 있기 때문이란다. 이 길 영자는 비록 다섯 획 밖에 되지 않지만, 붓으로 쓸 때는 여덟 번의 서로 다른 마디가 나온단다. 점을 찍는 기법, 획을 꺾는 기법이 다 여기에 들어 있단다. 자, 여기에 할애비가 다섯 번을 쓸 터이니 너는 다섯 번씩 열 번을 써 보거라."

손자는 고사리 같은 손에 붓을 들고는 단정한 자세로 길 영자를 계속하여 쓰기 시작하였다. 할아버지의 서안 앞에서 습자지 위에 단정하게 글을 써내려가는 아이의 모습은 자못 엄숙하기까지 하였다. 오후부터 시작한 할아버지와 손자의 글씨 연습은 밤이 깊도록 계속 되었다.

"하늘 천 따 지, 검을 현 누를 황~"

송도 비선마을 서당에서는 천자문 소리가 낭랑하게 울려나오고 있었다. 훈장인 김 생원은 이십여 명 가까운 서당 아이들 중 천자문을 모두 통달한 아이들에게는 소학을 가르칠 예정으로 있었다. 봄이 되고 꽃이 다투어 피기 시작하자 호의 어머니가 박 서방 내외를 대동하고 비선마을을 찾았다.

오늘은 호의 어머니가 책씻이를 하는 날이다. 책씻이란 학생의 부모가 보통 아이가 한 과정을 다 마치면 그에 대한 답례로 한 턱 내는 관습으로 '책례'라고도 한다. 대개는 책을 뗀 학생의 부모가 떡을 해서 떡시루째로 가져다 놓고 훈장님을 비롯한 서당의 학우들과 함께 나누어 먹는 습관이다. 뒷집 박 서방네가 지고 온 지게 위에는 백 씨가 밤 새 준비한 떡과 음식이 가득하였다. 호의 어머니가 아들이 서당에 입학하여 공부를 잘 하고 있다는 소식에, 그리고 처음 과목으로 천자문을 벌써 마쳤다는 소식에 너무 기쁜 나머지 음식을 바리바리 준비해 가지고 온 것이었다. 서당에서는 보통 열흘에 한 번꼴로 시험을 보았는데, 호는 시험을 보아서 단 한 번도 떨어진 적이 없었다. 시험에 떨어진 아이들은 훈장님으로부터 회초리를 맞는 것은 물론이고 배웠던 곳을 다시 배워야만 했다.

책씻이가 끝나고 또 며칠이 흘렀다. 4월 한낮의 밝

은 빛이 서당 안을 환히 비추는 가운데 검정 삼층 정자관을 단정히 쓴 김 생원이 코 밑 팔자수염을 쓰다듬으며 아이들에게 일장 훈시를 하였다.

"너희들이 천자문을 떼었다고는 하나, 각 요절들에 담긴 깊은 뜻을 제대로 이해하려면 앞으로도 두고두고 공부를 해야 할 것이다. 그것은 천자문이 단순히 글자 천 개를 배우는 것이 아니라, 거기에는 대국이라고 하는 중국의 3천년 역사와 선현들의 가르침이 가득하기 때문이다. 아마도 여기서 그 내용을 제대로 이해하는 아이는 덕적골의 호 하나 뿐이 아닐까 싶다. 그래도 이제 여기 너희들 열 명은 오늘부터 소학으로 들어간다. 그러니 더욱 더 분발해야 할 것이니라."

그러면서 김 생원은 사랑이 가득 담긴 눈으로 맨 앞자리에 무릎을 꿇고 앉아 있는 호를 바라보았다. 훈장님의 따사로운 눈길을 마주한 호는 고개를 숙이며 예를 표했다. 30리 길의 덕적골이 멀어서 호는 여기서 숙식을 하며 지내고 있는 형편이었다. 이제 여덟 살이 된 호는 제법 의젓한 학생의 모습을 하고 있었다. 여기 서당에서 공부하는 친구들은 여덟 살부터 열다섯 살에 이르기까지 나이가 제각각이었다.

"오늘은 소학의 대강을 너희들에게 말해주려고 한다. 소학이라는 책은 중국 송나라 때 주자의 제자 유자징이라는 분이 스승님의 지시에 따라 편찬한 것이니라. 이 책은 내편 4권과 외편 2권, 이렇게 해서 모두 여섯 편으로 되어 있는데, 그 내용은 사람들이 일상생활을 할 때 지켜야 할 예의범절과 심신 수양을 위한 격언, 그리고 충신과 효자의 기록을 모아 놓은 것이니라. 쉽게 말해서 이 책은 유교사회의 도덕규범 중 기본적이고 필수적인 내용을 가려 뽑은 것으로 유학교육의 입문서와 같은 것이라고 보면 되겠다. 좀 더 쉽게 설명하자면, 〈소학〉은 집을 지을 때 터를 닦고 재목을 준비하는 것이며, 앞으로 너희들의 학문이 더 발전하면 배우게 될 〈대학〉은 그 터에 재목으로 집을 짓는 것이라고 보면 되겠다. 앞으로 너희들이 과거 시험을 보러 갈 때에도 반드시 통달해야 할 기본적인 내용들이 가득 들어 있으니 더욱 정신을 차리고 공부에 집중해야 할 것이니라. 알겠느냐?"

"네~"

아이들은 모두 씩씩하게 대답하였다.

"자, 모두들 따라 하여라. 입교(立敎)."

"입교~"

"입교는 교육하는 법을 말함이고, 명륜(明倫)."

"명륜~"

"명륜은 삼강오륜(三綱五倫)을 밝힌 것이며, 경신(敬身)."

"경신~"

"경신은 몸을 공경히 닦는 것이고……."

오후가 되자 일부 아이들은 서당 뒤의 밭으로 나가서 채소를 가꾸고, 호는 경천이, 학찬이와 함께 지게를 지고 뒷동산으로 나무를 하러 올라갔다. 여기 김 생원이 훈장으로 있는 비선재서당은 일종의 기숙학원으로 공부도 하면서 심신단련을 위한 근로도 해야 했다. 20여 명의 서당 아이들 중 집이 가까운 절반 정도는 날마다 서당을 왔다 갔다 하면서 글공부를 하였으나, 호를 비롯한 집이 먼 여덟 명은 아예 여기서 먹고 자고 하면서 공부를 하는 것이다. 아이들 집에서는 매달 월사금으로 곡식과 피륙을 보내오기도 했지만, 여기서 아이들은 또 아이들대로 산에서 나무도 하고 밭에서 일도 하면서 훈장님의 생계를 돕는 방식이었다.

"호야, 너는 이제 겨우 여덟 살 밖에 안 됐는데 어쩜 그렇게도 총명하냐? 나는 너보다 나이를 두 배나 더 많이 먹었는데도 잘 모르겠는데."

이렇게 말을 하는 아이는 이번에 소학 반으로 함께 월반하게 된 경천이었다. 이미 턱에 거뭇한 수염이 돋기 시작한 경천이는 서당 5년 차로 여기서는 최고참이 되는 아이였다. 비선마을 뒤로는 송악의 진산이라는 오악산(五嶽山)이 까마득하게 뻗어 있었다.

경천이가 꼬맹이 호를 부러워할 만도 했다. 경천이의 집은 인근의 봉현마을에서 유지로 꼽히는 부유한 집이었다. 비록 큰 벼슬을 한 선조가 있는 명문가는 아니었으나 그래도 양반의 가문인데다가 물려받은 논밭도 많아서 이곳 송도 일대에서는 꽤나 알려진 가문이었다. 그런데 온 집안의 전폭적인 지원마저 받고 있음에도 불구하고 도무지 학문의 진척이 없는 것이었다. 그야말로 일취월장(日就月將)하는 호의 경우와 비교하면 자신은 부끄럽기만 할 뿐이었다.

"형, 사실은 나도 잘 몰라. 그냥 정신을 집중해서 읽고 기억하려고 노력할 뿐이야."

호는 위로 형이 없었던지라 자기보다 여덟 살이나 많은 경천이가 어쩐지 좋아서 함께 지내고부터는 형이라고 부르면서 지내온 터였다. 그렇게 지내니까 또 서로 의지가 되고 좋았다. 더군다나 경천이는 힘이 장사라 나뭇짐도 항상 혼자 지고 다녔다. 호는 산에 올라와도 그저 낫을 들고 잔가지를 자르는 정도였고, 힘든 나뭇짐은 항상 경천이가 지고 내려갔다.

"호는 태어날 때 산신령님이 장차 큰 인물이 될 거라고 하셨대."

이렇게 말하는 아이는 훈장님의 손자인 학찬이었다. 호와 동갑인 학찬이는 자기 할아버지가 훈장이라고 뻐기지도 않고 또 아이들 간의 일도 고자질 하는 일이 없어서 모두로부터 사랑을 받고 있는 아이였다. 이렇게 여덟 살 소년 한호의 학문은 친구들의 우정과 함께 나날이 발전하여 갔다.

5. 할아버지는 내 친구

가을바람이 차고 아직도 동이 트려면 멀었는데 호의 집 부엌 아궁이 앞에서는 한세관 노인이 쭈그리고 앉아 연신 솔가지와 나무를 아궁이에 집어넣고 있었다.

연기가 나는 것도 잠시, 타타탁! 하면서 솔가지 타는 소리가 나는가 싶더니 이제는 제법 굵은 나뭇가지들에 불이 붙어 부엌 아궁이 앞은 온통 불빛으로 환하게 밝아졌다. 한세관 노인은 떡시루에서 김이 나는 것을 확인하자 빗자루를 들고 마당으로 나갔다. 아직도 하늘에는 별이 총총하게 빛나고 가을의 새벽 공기는 차가웠다.

"삭삭삭~ 쓱쓱~"

빗자루 소리는 안마당에서 시작하여 사랑채 앞으로, 그리고는 사립문 밖으로 이어져 나갔다. 한 식경 가까이나 마당을 쓸고 나자 그때야 새벽안개가 걷히면서 동녘 하늘이 부옇게 밝아오기 시작했다. 이때 안방 문이 열리면서 며느리가 짚신을 꿰어 신고 댓돌로 내려선다. 며느리는 손을 머리 위로 올려 머리채를 매만지면서 시아버지에게 공손하게 아침 인사를 건넸다.

"아니, 아버님. 벌써 기침(起寢)하셨어요? 좀 더 주무시지 않고요."

며느리의 말소리에는 아직도 잠이 묻어 있었다.

"너야말로 좀 더 자지 않고 왜 벌써 나오느냐? 잠을 푹 자야만 하루를 거뜬히 넘길 수 있단다. 나 같은 늙은이는 조금만 잠을 자도 관계가 없느니라. 늙어갈수록 점점 잠이 없어지는 법이거든."

한세관 노인은 며느리 쪽으로 몸을 돌리더니 부엌을 가리키며 자랑스레 이야기 한다.

"내가 벌써 아궁이에는 불을 지펴 놓았단다. 아까 김이 나는 걸 보니 이제 거의 다 되어가는 모양이구나. 네가 좀 잘 살펴보려무나. 그래, 오늘은 어느 집에서 떡을 만들어 달라고 하였느냐? 장날이 아닌 것을 보니 장에 내다 팔려고 만드는 것은 아닌 모양이고……."

"네, 송도 가름골 정 부자 댁에서 잔치를 한다고 해서 준비하는 거랍니다. 오늘 손님들을 초청한다네요.

귀한 손님들에게 대접할 호박 시루떡을 준비해 달라고 해서요. 그 댁 며느리들이 만든 팥 시루떡하고 콩고물 인절미를 함께 올리겠다고 합니다."

"허허, 그러면 아주 큰 잔치인 모양이로구나."

며느리와 이런 저런 말을 몇 마디 나눈 노인은 짚단과 나뭇가지 단을 좀 더 부엌으로 가져다주고는 사랑으로 들어갔다. 가을 해는 이미 온 세상을 밝게 비추고 있었다. 안개가 걷히면서 가을 하늘은 점점 더 높이 올라만 갔다.

바야흐로 오곡백과가 무르익는 계절이다. 며느리가 떡 보따리를 이고 떠나가자 할아버지와 손자는 삽살이를 데리고 뒷산으로 올라갔다. 집 뒤로는 자그마한 야산이 하나 있고 그 뒤로는 산세가 점차 험해져서 아득한 덕적산 꼭대기까지 이어진다. 할아버지와 손자는 요즘 산에 올라 오전을 거의 나무하는 일로 보낸다. 박서방네가 해주는 나무와는 별도로 할아버지는 건강도 챙길 겸 해서 지게를 지고 산에 올라 나무를 하면, 손자는 소나무 아래 솔잎을 깔고 누워서 흘러가는 구름을 바라보기도 하고 밤나무 아래에서 밤을 줍기도 한

다. 오늘은 날씨도 원체 좋은지라 더 깊은 산 속에까지 들어갔다. 깊은 산속으로 들어가면 갈수록 가을 풀벌레 소리도 더욱 요란하게 들려왔다. 잠시 후, 숲 속에 있던 호가 할아버지를 다급하게 찾는 소리가 들렸다.

"할아버지, 여기로 빨리 와 보세요."

급한 소리에 할아버지는 혹여나 손자에게 무슨 일이 있어났나 싶어 허둥지둥 나무를 하던 손을 멈추고 작대기만 들고 숲속 소리 나는 쪽으로 달려갔다. 호는 커다란 밤나무 아래에 서 있었다.

"할아버지, 여기 밤나무 좀 보세요. 며칠 전에 왔을 때는 이렇게 밤이 많이 벌어지지 않았던 것 같은데 어느 사이에 다 익어 떨어졌네요."

손자가 가리키는 밤나무를 보니 과연 커다란 밤송이들이 주렁주렁 달려 있었다. 어떤 것들은 쫙 벌어진 채로 나무 밑에 그대로 떨어져 있었다.

"호오, 오늘은 우리가 아주 횡재를 했구나. 이것들을 다 주워 담으면 한 자루는 실하게 되겠다."

할아버지와 손자는 기쁨에 겨워 밤을 까서 망태에 담았다. 한참을 주워 담자 할아버지와 손자의 이마에서는 땀이 방울방울 목으로 떨어져 내렸다. 할아버지는 나뭇짐을 지고 밤이 가득 든 망태는 손자에게 지우고서 산을 내려왔다.

12월 들어 첫눈이 내리는가 싶더니 연 이틀 동안 제법 포실하게 눈이 쌓였다. 이런 날 호는 할아버지와 글공부하는 것이 너무 좋았다. 단지 글공부만을 하는 것이 아니라 간간히 옛날이야기도 해주기에 더욱 겨울밤이 기다려지는 것이었다. 사랑에는 화로 속에서 밤이 탁탁! 소리를 내며 익어가고 있었다.

긴긴 겨울밤, 솜바지저고리를 입은 손자를 앞에 앉혀 놓고 이야기를 해주는 것은 한세관 노인에게도 또 다른 즐거움이었다. 그래도 할아버지의 이야기는 호랑이가 담배를 피우는 식의 황당한 옛날이야기만은 아니었다. 옛날이야기를 할 때도 할아버지는 언제나 아이의 글공부를 생각했다.

"호야, 오늘은 이 할애비가 설중방우라는 말 속에 담겨져 있는 옛날이야기를 해 주려고 한단다."

이렇게 말하며 할아버지는 雪中訪友라는 네 글자를 써 보였다.

"어떠냐? 이 뜻을 풀어 보겠느냐?"

"네, 할아버지. 눈 속에서 친구를 찾아간다는 말이 아니어요? 어서 빨리 이야기나 해주셔요."

"중국 진(晉)나라의 왕희지란 명필에 대한 이야기는 내가 예전에도 몇 차례 해주었지? 오늘은 그 사람이 친구를 찾아간 이야기란다. 왕희지가 산음이라는 곳에서 살 때 어느 늦은 밤에 큰 눈이 왔단다. 왕희지가 잠에서 깨어났을 때는 이미 눈이 무릎 높이까지 쌓여 있었지. 주위를 돌아보니 천지가 온통 은빛이었단다. 그래서 자리에서 일어나 초은시(招隱詩)라는 시를 읊조리던 중 문득 대규라는 친구가 생각이 나더란다. 당시 대규는 섬현이라는 강가의 산속에서 살았는데, 왕희지는 곧바로 작은 배를 타고 그를 찾아갔단다. 하룻밤을 꼬박 지나서야 겨우 대규가 살고 있는 곳에 이르렀는데, 대문에 도착한 그는 문 안으로 들어가지 않은 채 그대로 돌아오고 말았구나."

"왜 친구를 만나러 고생고생하며 찾아갔다가 그냥 돌아와요?"

"왕희지가 생각해보니 친구를 만나겠다는 생각은 시를 읽다가 너무나도 시에 취해서 그냥 흥에 겨워 불쑥 떠올랐던 생각이었던 거야. 그래서 그런 흥을 즐겼으면 그만이지 굳이 만날 필요가 있을까 싶어서, 다시 말해서 반드시 친구를 만날 필요는 없었다는 거지."

"그래도…… 이상해요."

노인은 문득 손자에게 미안한 생각이 났다. 아이에게 너무 교육만을 강조한 나머지 아이가 아직 이해하기에는 어려운 이야기를 들려준 자신이 좀 심했다는 생각이 들었던 것이다.

"그래, 네가 이해하기는 너무 어려운 이야기이지. 그러면 할애비가 밤을 서너 개 까주고 이번에는 은혜 갚은 두꺼비 이야기를 해줄까?"

어린 손자는 할아버지가 까주는 구운밤을 먹으며 할아버지의 이야기에 취해서 어느덧 스르르 잠이 들었다. 할아버지는 그런 손자를 무릎에 앉히고는 계속 토닥거려 주었다. 그리고 그날 밤, 아이는 꿈속에서 예쁜 처녀를 만났고, 두꺼비를 만났다. 그리고 그 두꺼비가 처녀를 대신해서 백년 묵은 지네와 싸우다 죽는 광경을 보았다.

호는 서당에서 2년 동안의 글공부를 마치고 집으로 돌아왔다. 서당 선생님으로서는 글과 글씨에 관하여는

거의 천재소년에 가까운 호를 더 이상 맡아서 가르칠 자신이 없어진 것이었다.

호가 집으로 돌아오자 할아버지는 여러 방면으로 호의 장래를 맡아 지도해 줄 스승을 물색하여 보았다. 이리 저리 수소문을 하던 중 하루는 서경덕 선생의 제자라는 선비가 찾아 왔다. 첫눈에도 단정한 차림새의 양반으로 상당한 학문이 있음을 알 수 있었다. 선비는 자신이 찾아 온 사연을 말하였다.

"저는 진남포에서 아이들을 가르치며 과거를 준비하는 윤인호라고 하옵니다. 생전에 아드님과는 화담 선생님의 문하에서 함께 동문수학하였습지요. 손자가 가히 천재 소리를 듣는다는 소식을 일찍 들어서 알고 있던 차에, 춘부장 어른께서 아이의 장래를 두고 좋은 스승을 물색하신단 소식을 듣고 이렇게 달려 왔습니다. 제가 이 아이를 맡아서 가르치면 좋겠으나 저 역시도 학문이 짧고 더군다나 글씨에는 그다지 재주가 없습니다. 그래서 제가 저의 옛 친구 생전에 진 신세를 조금이라도 갚으려고 우리 조선에서 최고의 필력을 가진 선생님께 부탁을 드려 놓았습니다."

궁즉통(窮則通)이라고 궁하면 통한다고 하지 않던

가. 그러지 않아도 요즘 호를 지도하여 줄 스승을 물색하느라고 애가 타는 지경인데 이렇게 고마울 수가 있는가. 더군다나 이제 자신은 건강이 그다지 좋지 못하여 언제까지 호와 함께 할 수 있을지도 모르는 형편이 아닌가. 선비의 설명은 이어졌다.

"여기서 100리 길에 있는 장단 해월암에 진성 스님이라는 분이 계시는데, 지금 조선 천지에서 그만한 필봉을 가진 분이 없습니다. 한양까지도 명필로 소문이 자자하신 분인데, 그 분이라면 능히 호의 앞날에 큰 도움이 될 것입니다. 그리하여 제가 여기에 이렇게 소개장을 써 가지고 왔으니 내일이건 모래건 준비가 되는 대로 떠나보내도록 하십시오."

그러나 호의 해월암 행은 뜻하지 않은 사건으로 인하여 늦어졌다. 그렇게 정정하고 멀쩡하시던 할아버지가 비를 맞은 것이 원인이 되어 고뿔에 걸렸는데 그것이 그만 중병으로 발전한 것이었다. 겨울 내내 방에서 꼼짝을 하지 못하며 탕약으로만 연명하시던 할아버지는 마지막을 예감하셨는지 호를 곁에 앉으라고 하셨다. 호는 할아버지의 야윈 손을 잡았다. 할아버지는 그 옛날에 생기 넘치고 웃음을 가득 담은 그런 모습이 아

니었다. 불과 몇 달 사이에 어쩌면 이렇게도 쇠약해지실 수가 있는가. 어린 호도 삶이 무엇인지, 죽음이 무엇인지 어렴풋이 알 것도 같았다. 호에게 있어 할아버지는 그야말로 아버지이자 친구였다. 어려서부터 호를 업어서 키워 주셨을 뿐만 아니라 아버지가 없는 집안의 큰 기둥이셨다.

"호야, 슬퍼하지 말거라. 사람은 누구나 다 늙고 병들어 죽게 마련이니라. 앞으로의 네 교육과 관련된 일은 윤인호 선생님이 진성 스님께 다 부탁해 놓았다고 하셨느니라. 나 또한 여기 이렇게 서찰을 마련하여 놓았으니 이것을 보여드리면 스님께서 네게 좋은 가르침을 줄 것이니라. 내가 없더라도 부디 어머니를 잘 섬기고 항상 효심을 잃지 않도록 해라."

할아버지는 숨이 차서 말씀을 하시다가 중간에 쉬고 또 하기를 반복했다. 목에서는 그르륵 하는 가래 끓는 소리가 계속하여 울려 나왔다. 그날 밤 해시(11시경) 무렵에 할아버지 한세관 노인은 세상을 달리하였다.

시아버지의 장례가 끝나자 호의 어머니는 마지못해 아들을 떠나보냈다. 그 옛날 같았으면 단 번에라도 결심이 섰을 터인데, 남편이 떠나고 의지하던 시아버지마저 저 세상 사람이 되자 호의 어머니 마음도 많이 약해져 있었던 것이다. 괴나리봇짐을 지고 떠나던 날 아침에는 공교롭게도 눈발이 하나 둘씩 떨어지기 시작하였다. 그래도 조금이나마 마음이 놓이는 것은 삽살이가 있기 때문이었다. 스님 쪽에 미리 양해를 구한 것은 아니었지만 호도 삽살이를 두고는 못 떠나겠다고 고집을 부리니 어머니 입장에서도 방법이 없었다. 아무리 산중이라지만 조그만 강아지 한 마리 더 먹이는 것이야 무슨 큰 문제가 될까 싶어서 기어이 동행을 허락하였다. 더구나 윤인호 선비로부터 들은 이야기로는, 진성 스님은 완전히 출가한 스님이 아니고, 경치 좋은 암자에서 한두 명의 제자만을 전문적으로 키우는 분이라고 하지 않는가. 호의 어머니는 기러기들이 날아가는 밤하늘을 보며 아들을 위해 간절히 기도하였다.

"천지신령이시여, 우리 호를 무사히 해월암까지 보호하여 주시옵소서. 이제 겨우 열 살짜리 어린 아이옵니다. 행여 가는 길에 어려움 당하지 않도록 지켜주소서. 이렇게 에미가 두 손 모아 비옵나이다."

6. 본격적인 서예공부

어머니를 뒤로 한 채, 호는 씩씩하게 길을 떠났다. 옆에는 호가 애지중지하는 삽살이가 동행하니 전혀 외롭지도 않았다. 저녁 무렵에는 덕적산을 넘어 사천이라는 동네에 이르렀다. 거기서 하룻밤을 묵었다. 다시 아침 일찍 길을 재촉하여 하루 종일 걸어오니 이번에는 제법 큰 대처가 나왔다. 사람들에게 물어보니 여기가 장단이란다. 송도만큼은 아니지만 커다란 기와집들도 많고 가게들도 즐비한 것이 꽤나 큰 동네임에 틀림없었다. 사람들은 너나없이 어려운 형편이었음에도 불구하고 그래도 아직 인정이 메마르지는 않았다. 어린아이가 기특하다고도 하고, 강아지가 예쁘다고도 하면서, 자고 가라고 성화였다. 그들은 마치 자기 자식을 보듯 어린 호와 삽살이를 먹여주고 재워주었다. 사흘을 자고 걷고를 반복하여서 드디어 해가 뉘엿뉘엿 넘어갈 즈음에 해월암에 도착하였다. 해월암은 뒤로는 월봉산을 두고 앞으로는 임진강을 바라보는 양지바른 곳에 자리 잡고 있었다.

누구보다 놀란 사람은 진성 스님이었다. 그는 호가 내민 소개장을 훑어보는 둥 마는 둥 하더니 대뜸 아이를 끌어안았다. 그러고는 암자 안으로 데리고 들어가서 씻을 물을 갖다 준다, 저녁을 차려준다 하면서 마치 어머니가 자상하게 아들을 돌보아주는 모양으로 호를 챙겨주었다. 스님이 생각하기에도 이 아이가 분명 보통의 의지를 가진 아이가 아님은 분명해 보였다. 어찌 열 살 밖에 되지 않은 아이가 추위를 무릅쓰고 백 리나 되는 길을 홀로 걸어 이렇게 깊은 산속까지 찾아온단 말인가.

진성 스님은 아이에게 저녁밥을 먹인 후 아이를 곧바로 잠자리에 들게 하였다. 사흘을 걸어 왔다니 얼마나 힘이 들까. 만약 산 속에서 길을 잃었다면 또 어찌 되었을 것인가를 생각하니 절로 한숨이 나왔다. 호는 이렇게 진성 스님의 따뜻한 배려에 첫날밤을 보냈다. 어머니를 생각할 겨를도 없이 씻고 밥을 먹자마자 곧바로 골아 떨어졌다.

호는 다음날 새벽같이 일어났다. 그 동안 짚신이 여러 켤레가 닳았고 발을 싼 감발은 너덜너덜해져 있었다. 그래도 호는 자기 전에 어머니의 당부를 떠올렸다.

'너를 소개해 주신 선비님의 체면을 생각하여라. 이 에미는 늘 네가 잘 되기만을 기구할 것이니라.'

그러자 신기하게도 새벽 해가 돋기 전에 눈을 뜨게 된 것이었다. 방안에는 아직도 다른 두 친구가 코를 골며 잠들어 있었다. 밖으로 나와 눈을 들어 앞을 내다보니 저 멀리로 커다란 강줄기가 유유히 흘러가는 모양이 마치 뱀이 구불구불거리며 기어가는 모습 같았다. 호는 빗자루를 집어 들고서 마당의 나뭇잎을 깨끗이 쓸었다. 해월암에서는 저 멀리 강 건너까지가 훤히 내려다 보였다. 강 건너로 보이는 커다란 동네가 문산포라는 곳인가? 한양은 또 얼마나 큰 곳일까? 호는 마당을 쓸면서도 연신 이런 저런 생각을 하였다.

이 때 본채의 방문이 열리면서 단정한 옷차림의 진성 스님이 기지개를 켜면서 방문을 열고 나왔다. 호는 왼 손으로 빗자루를 옮기고 나서 공손하게 인사를 하였다. 호가 인사를 하자 진성 스님은 한껏 밝은 미소로 다가와 호의 머리를 쓰다듬어 주었다.

"피곤할 터인데 좀 더 자지 않고 왜 이렇게 일찍 일어났느냐? 그래 발은 좀 걸을 만 하냐?"

스님은 어제 밤에 아이의 발을 보고는 깜짝 놀랐다. 짚신을 신고 그 위에 발이 상하지 말라고 무명천으로 둘둘 말은 감발은 벌겋게 피로 물들어 있었다. 진성 스님은 아이의 발을 닦아주면서 두근거리는 가슴을 진정시키기가 어려웠다. 열 살 어린 아이가 그런 발을 하고도 여기까지 왔다는 사실 하나만으로도 이 아이의 앞날을 점쳐보기에 충분하였기 때문이었다. 삽살개는 또 어떤가. 만약 강아지가 없었더라면 어린 아이 혼자서 그 먼 길을 오는 것은 불가능하였으리라.

"애야, 여기 앉거라."

스님이 마당 앞의 평상에 앉아서 호를 불렀다. 평상 옆에는 커다란 감나무와 밤나무가 한 그루씩 서 있었다. 나무는 잎이 하나도 없이 모두 떨어져 있었다.

"나는 원래부터 글씨쓰기를 좋아하였느니라. 아버님이 화성에서 크게 서당을 하셨지. 그래서 아버님의 슬하에서 공부를 하면서 한양에 올라와 두 차례 과거 시험을 쳐 보았으나 모두 실패하고 말았단다."

그래서 스님은 그때부터 서예공부로 방향을 틀었단

다. 혼자서 독학으로 일가를 이루기로 작정하고 중국의 대 서예가인 당나라 때의 유공권, 북송의 소동파, 원나라 때의 조맹부에 이르기까지, 유명하다는 사람들의 필법을 두루 연구하였다. 다행히도 스님이 출가하기 전, 집안이 부유하였던 연고로 이런 저런 경로를 통하여 그들의 서간집이나 작품집을 꽤 많이 구입하여 그러모을 수 있었다.

여기서 지내보니 두 아이들은 집안이 매우 잘 사는 양반집의 자제들이었다. 그들의 집에서 많은 후원을 해 주어서 암자에서 먹고 자고 쓰는 것은 전혀 부족함이 없다고 했다. 쪼들리지 않다보니 스님도 다른 아이들은 더 이상 받지 않고 단 두 세 명만 정성을 다 해서 가르치는 중이었다. 마침 여기서 2년을 공부한 아이가 얼마 전에 과거를 보러 가겠다면서 한양의 본가로 돌아갔다고 했다. 그래서 한 명의 결원이 생겼던 참인데 바로 그때에 운이 좋게도 호가 천거되어 들어온 것이었다.

두 아이들은 부잣집의 아이들답게 마음씨가 너그러웠다. 호가 며칠을 지내보니 서로 시샘하는 것도 없고

마치 친형제 이상으로 자신을 아껴주는 것을 느낄 수 있었다. 특히 한양에서 온 이은성이라는 아이는 아버님이 무슨 꽤 높은 벼슬자리에 있다는 이야기였다. 얼굴도 부잣집 도련님처럼 아주 깔끔하고 옷도 호가 입은 무명 바지저고리와는 비교가 되지 않는 호사스러운 비단 옷이었다. 호는 개성에서 서당에 있을 때에도 그런 옷을 입은 아이를 보지 못하였던 터라 처음부터 기가 죽었으나, 은성이는 조금도 티를 내지 않고 마치 친동생처럼 호를 다정하게 대해 주었다.

박성문이라는 아이는 키가 호보다는 머리통 하나는 더 컸다. 몸집도 우람하여 말을 할 때면 어른처럼 걸걸한 소리가 나왔다. 은성이가 들려 준 이야기에 따르면, 성문이네 집은 이천에서 둘째가라면 서러울 정도로 만석꾼 부자로 여기서 먹는 모든 곡식도 다 성문이네 집에서 대 준다는 것이었다. 그래서 그런지 아침을 먹는데도 기름기가 자르르 흐르는 쌀밥에 반찬도 여러 가지였다. 해월암의 모든 살림살이는 따로 시중을 들어 주는 내외가 암자의 뒤에 살면서 챙겨 주어 세 아이들은 오로지 학문만 연마하면 된다고 했다. 호는 이런 환경이라면 정말로 못 이룰 것이 없겠다는 생각이 들면서 힘이 부쩍 솟는 기분이었다.

점심을 먹고 나서 쉬는 시간에 호는 암자 앞 밤나무 밑으로 가서 멀리 강 건너를 내려다보았다. 가물거리는 강물 위로는 한낮의 태양이 빛을 반짝이며 내리비추고 있었다. 은성이가 손가락으로 가리키는 앞쪽을 보니 고깃배들이 이리 저리 한가히 떠다니고 있었다. 가끔씩 뱃전에서 물보라가 일기도 했는데, 그것은 어부들이 투망질을 하며 고기를 잡는 것이라고 알려주었다.

한 달이 지나자 완전한 겨울로 접어들었다. 그러던 어느 날, 진성 스님이 아이들을 자기의 암자에 따로 불렀다. 스승님의 방은 윗목에 부담농 하나에 이불이 두 채 얹혀 있었고, 그 주위를 빙 둘러 서책들이 가득하다는 것 하나만 빼면, 그저 아이들이 쓰는 방과 차이가 없어 보였다.

"자, 오늘은 너희들에게 글씨를 하나의 예술의 경지로 쓰는 가르침을 줄 것이니라. 자, 지금 내가 '순수'라는 두 글자를 놓고 설명을 해 주마. 먼저, 지금 여기 너희들이 보고 있는 것은 우리가 가장 흔히 쓰는 해서(楷

書)라는 필법이다. 글씨를 아주 정자로 또박또박 쓴다고 생각하면 이해가 빠를 것이니라. 다른 말로는 바르게 쓴다고 하여 정서(正書), 또는 진짜 글씨 중의 글씨라는 뜻으로 진서(眞書)라고 부르기도 한단다. 당나라의 안진경이라는 사람이 이 해서의 달인이었다고 알려져 있지."

진성 스님은 제자들에게 자신의 필법을 전수한다는 기쁨에 겨워 눈에서는 말로 표현할 수 없는 밝은 기운이 뿜어져 나오고 있었다. 밝은 한 겨울의 추운 날씨였지만, 방안은 스승의 가르치려는 정성과 제자들의 배우려는 열기로 오히려 후끈거릴 지경이었다.

"자, 그러면 조금 전에 쓴 순수라는 글자를 이번에

는 약간 흘려서 써 보자꾸나. 조금 빠르게 말이야. 이렇게 약간 흘려서 쓴 글씨를 행서(行書)라고 하고, 이것을 더 빠르게 흘려 쓰면 초서(草書)라는 글자체가 된단다. 쉽게 말하자면 휘갈겨 쓰는 정도의 차이에 따라 구분한 글씨라고 보면 된단다. 어떠냐? 신기하지 않으냐?"

스승의 붓 끝을 따라가자 전혀 다른 모양의 글자가 나왔다. 호가 어렸을 때 할아버지는 급하게 서찰을 쓰시곤 했는데, 마치 그때에 할아버지가 쓰시던 글자체를 보는 것만 같았다.

"자, 이제 순수라는 글자를 아주 예술적으로 써 보자꾸나. 이것이 전서(篆書)라고 하는 필법이니라."

그러면서 스승님은 벽에 걸려 있는 족자를 가리켰다.

"저기 벽에 걸려있는 반야심경의 글씨체가 바로 전서 기법으로 쓴 글씨이니라. 이렇게 글씨를 쓰는 방법에는 여러 가지가 있단다. 앞으로 너희들이 배워야 할 서예(書藝)의 세계는 무궁무진한 셈이지."

동지 달에 접어들자 첫눈이 내렸다. 첫눈이라고는

純粹

하지만 제법 포실하게 쌓인 큰 눈이었다. 밖은 초겨울의 찬바람이 휘몰아치고 있었지만 스승과 제자들이 둘러 앉은 방안은 화로에서 나온 열기로 조금도 추운 줄을 몰랐다. 스승은 세 명의 제자들을 불러 놓고 벽장 속에서 두루마리 하나를 꺼내더니 서안 위에다 펼쳐놓았다. 두루마리는 누렇게 색이 변해 있었다.

"보거라. 이것이 중국 사람들이 천하를 주고도 안

摩訶般若波羅蜜多心經

觀自在菩薩行深般若波羅蜜多時照見五蘊皆空度一切苦厄舍利子色不異空空不異色色即是空空即是色受想行識亦復如是舍利子是諸法空相不生不滅不垢不淨不增不減是故空中無色無受想行識無眼耳鼻舌身意無色聲香味觸法無眼界乃至無意識界無無明亦無無明盡乃至無老死亦無老死盡無苦集滅道無智亦無得以無所得故菩提薩埵依般若波羅蜜多故心無罣礙無罣礙故無有恐怖遠離顛倒夢想究竟涅槃三世諸佛依般若波羅蜜多故得阿耨多羅三藐三菩提故知般若波羅蜜多是大神咒是大明咒是無上咒是無等等咒能除一切苦真實不虛故說般若波羅蜜多咒即說咒曰揭諦揭諦波羅揭諦波羅僧揭諦菩提薩婆訶

바꾼다는 '난정서'라는 작품이란다. 여기에는 필획의 굵기, 자형의 대소, 글꼴의 반듯함과 삐딱함 등이 자유자재로 펼쳐져 있단다. 이 자유스러움 속에서 때로는 예서의 힘, 때로는 초서의 자유가 느껴지지 않느냐는 말이다."

아이들은 호기심이 가득한 얼굴을 하고는 족자 가까이로 모여들었다. 자세히 살펴보니 정말 스승님의 글씨와는 비교도 되지 않는 멋스러움이 족자에서 배어나왔다. 호는 궁금증을 참지 못하고 스승에게 물었다.

"스승님, 그러면 이것이 중국에도 없고 오직 조선 땅 여기에만 있는 보물이옵니까?"

그러자 진성 스님은 빙그레 미소를 지으면서 세 제자들을 바라보았다.

"아니란다. 난정서라는 것은 원본은 없어지고 수도 없이 많은 필사본만이 돌아다닌단다. 그래도 중국 사람들은 이 작품을 아주 소중하게 생각하고 있지. 오죽하면 당나라의 태종이란 임금도 부하를 시켜서 이 작품을 훔쳐오라고 했겠느냐."

밖은 저녁노을이 붉게 물들었다. 아이들은 스승님이 작품을 자랑하며 보여줄 때면 옛날이야기도 곧잘 들려

주신다는 것을 익히 알고 있었다. 그 틈을 놓치지 않고 성문이가 스승에게 매달렸다.

"스승님, 오늘 그 이야기를 좀 더 자세히 해 주세요. 듣고 싶어요."

아이들의 눈이 초롱초롱 빛나자 스승은 이내 못이기는 척 하면서 이야기를 풀어 나갔다. 그는 한 번 크게 헛기침을 한 뒤, 족자를 들고 방을 이리저리 거닐면서 아이들에게 난정서에 얽힌 이야기를 들려주었다.

"지금으로부터 1천 년도 더 전의 이야기란다. 난정서(蘭亭序)라는 작품은 중국의 회계산 난정이라는 곳에, 우리들이 지금은 서성(書聖)이라고 존경하고 있는 왕희지와 친구들 40여 명이 모여서 산수를 구경하며 시를 읊은 것이라고 이해하면 빠를 것이니라. 그곳에는 높은 산과 험준한 봉우리와 무성한 대숲이 있었단다. 물론 난정이라고 하는 걸 보아서는 난 꽃도 꽤 많이 피어있었던 모양이지. 젊은이 늙은이 할 것 없이 모두가 풍류를 즐기는 친구들이니 술 한 잔이 없을 수 없었겠지. 그래서 술을 마시며 자연을 벗 삼아 시를 읊은 것이야. 그것을 시집으로 묶고 거기에 왕희지라는 당대 최고의 명필이 서문을 쓴 것이란다."

스승은 아이들이 오직 자신만을 집중하며 쳐다보자 더욱 신이 나서 이야기를 계속해 나갔다.

"당태종이라는 임금은 본인도 서예를 좋아하고 붓글씨를 잘 썼는데, 왕희지의 작품을 각별히 좋아해 거의 숭배할 정도였단다. 그래서 온갖 방법을 다 동원하여 왕희지의 서예 진품 수집에 나섰지. 그래서 무려 2천 점도 넘는 작품들을 수집했다는구나. 그런데도 난정서 만큼은 구하지를 못했더란다. 난정서의 소문을 잘 알고 있던 당태종은 무슨 수를 써서라도 그것을 구하려고 했지. 그런데 그 작품은 왕희지의 7대손인 지영이라는 스님에게 전해졌다가 다시 스님의 제자인 변재에게로 전해졌지. 당태종은 이 사실을 알고 세 차례나 회계 땅에 살고 있는 변재를 궁중으로 불러 추궁했으나 그는 끝까지 모른다며 버텼다는구나."

아이들은 마치 꿈을 꾸는 것만 같았다. 그 지겨운 글공부와 서예공부를 하지 않고 공부시간에 이렇게 이야기를 듣는 것이 얼마나 즐거운 일인가.

"그러자 태종 밑에서 재상을 하는 방현령이라는 사람이 한 가지 계책을 내놓았단다. 부하 한 명을 평범한 서생으로 변장시켜 알아내게 하자는 것이었지. 당태종

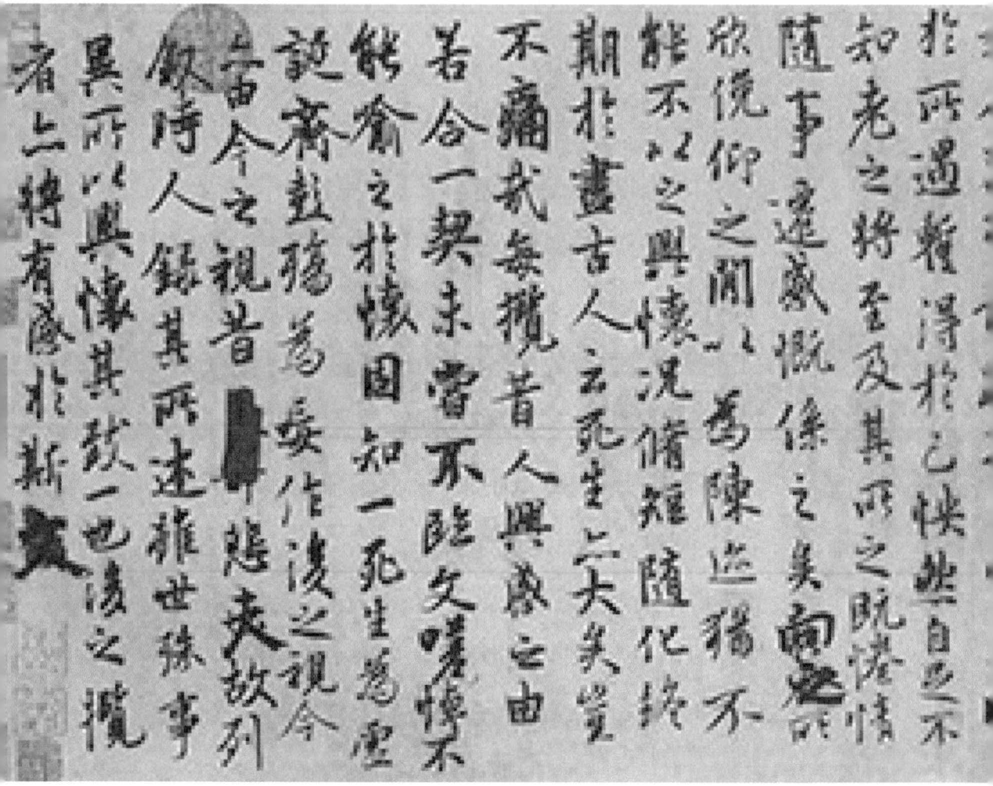

於所遇暫得於己快然自足不
知老之將至及其所之既惓情
隨事遷感慨係之矣向之所
欣俛仰之間以為陳迹猶不
能不以之興懷況脩短隨化終
期於盡古人云死生亦大矣豈
不痛哉每攬昔人興感之由
若合一契未嘗不臨文嗟悼不
能喻之於懷固知一死生為虛
誕齊彭殤為妄作後之視今
亦猶今之視昔悲夫故列敘
時人錄其所述雖世殊事
異所以興懷其致一也後之攬
者亦將有感於斯文

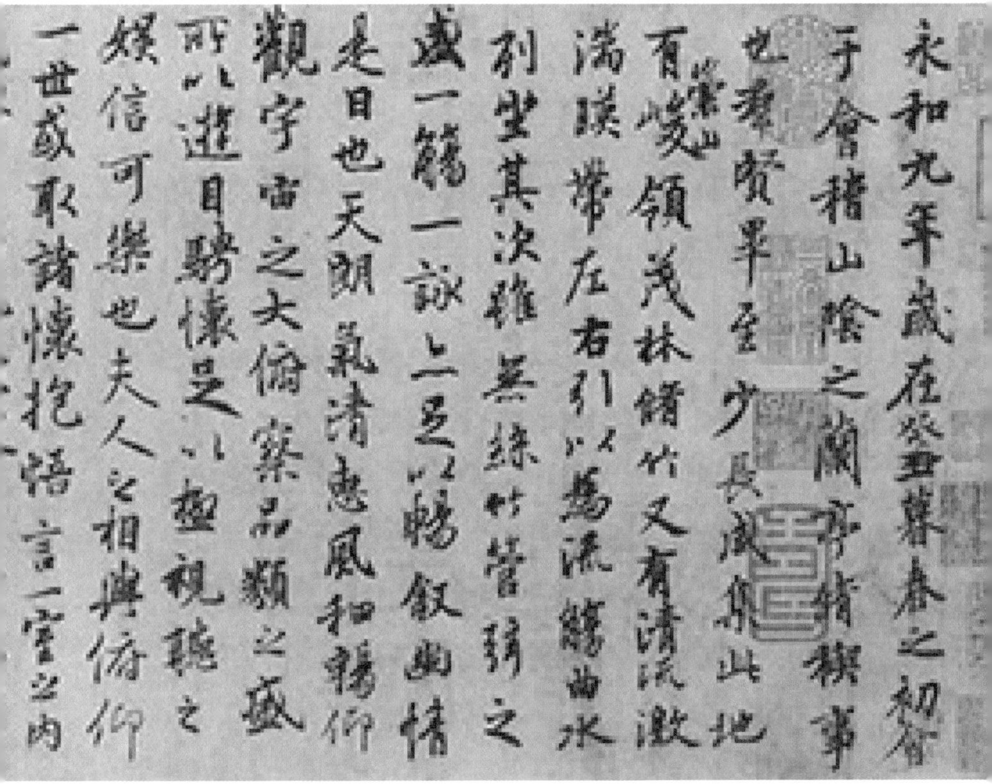

永和九年歲在癸丑暮春之初會
于會稽山陰之蘭亭脩禊事
也群賢畢至少長咸集此地
有崇山峻領茂林脩竹又有清流激
湍暎帶左右引以為流觴曲水
列坐其次雖無絲竹管弦之
盛一觴一詠亦足以暢敘幽情
是日也天朗氣清惠風和暢仰
觀宇宙之大俯察品類之盛
所以遊目騁懷足以極視聽之
娛信可樂也夫人之相與俯仰
一世或取諸懷抱悟言一室之內

은 그 계책을 받아들여 소익이라는 관리를 절로 보냈지. 그 관리의 직책이 감찰어사였다니 요즘으로 치면 웬만한 고을의 원님 정도는 벌벌 떨 정도의 권세를 가진 관리였던 셈이지. 소익은 당태종으로부터 왕희지의 작품을 몇 개 빌려 지닌 채 길손으로 위장하고 변재 스님에게 접근했단다.

그는 매일 스님과 바둑을 두며 서화에 대한 이야기를 나누면서 조금씩 친해져 갔지. 그렇게 해서 서서히 신뢰를 얻은 뒤, 하루는 소익이 왕희지 이야기를 꺼내면서, 자신은 왕희지 작품을 가지고 있는데 진짜인지 가짜인지 모르겠다며 한번 감정해 줄 수 있느냐고 하였지. 그러자 변재 스님은 그 작품을 보면서 '에이 겨우 이까짓 것' 하고 코웃음을 치더란다. 그러면서 무의식중에 자신이 난정서 진품을 가지고 있다고 말했다지 뭐냐. 완전히 소익의 꾀에 빠져 버린 것이지. 스님은 대들보 위에서 난정서 진품을 꺼내 보여주면서 '이것은 우리 6대조 할아버지의 작품이오'라고 말했지. 자, 그러면 다음 이야기는 어떻게 되었겠니?"

그러자 은성이가 얼른 대답했다.

"소익은 변재가 없을 때 난정서를 훔쳐서 도망쳤지

요. 그래서 당태종에게 갖다 바치고 큰 상도 받았겠지요."

"그렇지, 바로 그렇게 되었단다. 변재는 나중에야 속아서 도둑맞은 걸 알았지만 일개 승려가 어떻게 하겠니? 황제에게 따질 수도 없는 노릇이고. 충격을 받은 그 불쌍한 스님은 그날 이후 죽으로만 끼니를 연명하다 1년 후 죽었다고 전해지는구나. 그 소식을 들은 태종은 비단 3천 필과 쌀 3천 석을 보내서 위로해 주었다고 하지."

아이들은 밤이 깊어서야 스승님의 거처를 나왔다. 마귀할멈의 실눈 같은 초승달이 무섭고 짚신 사이로 스며들어오는 눈의 차가운 감촉이 싫어서 아이들은 암자까지의 50 걸음을 냅다 뛰었다.

7. 영계 신희남 선생과의 만남

호의 하루 일과는 삽살이와 함께 시작해서 삽살이와 함께 끝났다. 잠을 잘 때도 삽살이는 호의 방문 바로 앞에서 잤다. 자기 집이 있음에도 그 녀석은 언제든지 호와 가장 가까운 거리를 떠나지 않으려고 하는 것이었다.

집에 돌아와 생각해보니 해월암에서의 2년이 마치 꿈만 같이 아득하다. 은성이 성문이와 함께 하루 종일 공부하며 글씨 연습에만 전념했던 세월이었다. 아이 셋이 강아지와 함께 온 산을 헤집고 다니며 밤도 따고 도토리도 줍고 했던 추억은 또 어떤가.

호는 진성 스님으로부터 글씨의 모든 기법을 다 전수받았다. 특히 스승님은 호의 글 솜씨를 입에 침이 마르도록 칭찬하셨다. 장차 조선 천지는 물론이고 멀리 중국 땅에까지 호의 필명이 떨칠 것이라는 말을 수시로 하곤 하셨다.

해월암을 떠나 집에 돌아 와서 잠시 한가로운 때를 보내고 있던 어느 날 낯선 손님이 찾아오셨다. 삽살이가 요란한 소리로 짖어대어 무슨 일인가 하고 호가 방문을 열어보니 웬 선비 한 분이 집안을 기웃거리는 것이 아닌가. 삽살이는 그 사람의 주위를 연신 꼬리를 흔들면서 뛰어다니며 짖어대고 있었다.

"네 이름이 한호더냐?"

"네에…"

호는 엉거주춤한 자세로 대답하였다. 그러자 길손은 허리를 굽혀 앉은 자세로 호의 얼굴을 들여다보며 말을 이었다.

"네 아버지의 함자가 언자 공자를 쓰시는 한언공 님이 아니시더냐?"

"네, 그러하옵니다."

"오호라, 내가 집을 제대로 찾아 왔구나. 그래, 집안에 어른은 계시지 않느냐?"

호의 생각에도 나쁜 사람 같아 보이지는 않았다. 온몸에서 풍겨 나오는 분위기가 진성 스님처럼 학식을 많이 갖춘 분 같았다.

"네, 어머니는 시장에 떡 팔러 나가셨어요. 이따 저녁 무렵에나 돌아오시는데요."

선비는 아이를 보고 한호란 아이가 필경은 보통이 아님을 첫눈에 알아보았다. 초롱초롱 빛나는 눈매에 허리를 반듯하게 세우고 또렷하게 대답하는 말솜씨가 이런 시골 산골 구석에 있는 아이라고는 도저히 믿을 수 없을 만큼 뛰어난, 그야말로 큰 재목감이었다. 선비는 더욱 친근감을 느꼈는지 호의 머리를 가볍게 쓰다듬으면서 말을 이어갔다.

"나는 한양에서 온 신희남이라는 사람이니라. 어머니가 오실 때까지 내가 좀 어디서 기다릴 수 있겠니?"

호는 선비를 할아버지가 쓰시던 사랑으로 안내하였다. 지금은 호가 혼자서 쓰고 있는 방이다. 방에 좌정한 선비는 방안에 있는 서책들을 둘러보면서 호에게 이런 저런 것들을 물어 보았다. 선비의 질문은 주로 호의 학문의 경지가 어느 정도인지, 누구누구로부터 어떤 교육을 받았는지를 알아보려는 것이었다.

한참을 기다려도 어머니가 오지 않자 손님은 호기심이 발동했는지 호에게 집을 구경시켜달라고 당부하는 것이 아닌가. 호는 손님의 청을 거절할 수가 없어서 안방이며 뒤란이며 부엌을 두루 구경시켜 드렸다. 아마도 손님은 호의 집안 형편을 이리저리 알아보려고 하는 모양이었다. 호가 부엌을 구경시켜드리고 있을 때 마침 어머니가 돌아 오셨다. 그러자 손님은 어쩔 줄 몰라 하며 쩔쩔매는 것이었다. 그도 그럴 것이, 아녀자가 쓰는 부엌을 양반의 지체에 기웃거린다는 것이 어디 될 법이나 한 일인가.

"이게 제가 결례를 하였습니다. 어린 아이와 아녀자만 계신 곳에 더군다나 부엌을 기웃거리다니……. 부디 너그러운 마음으로 양해하여 주시기를 부탁드립니다. 저는 주변의 여러 사람들로부터 댁의 아드님을 맡아 지도해주면 좋겠다는 부탁을 받고 한양 땅에서 이곳까지 찾아 온 영계 신희남이라는 사람이외다."

선비는 남편 정도의 나이로 보였다. 세상에 고마워도 이렇게 고마울 수가 있을까 싶었다. 선비의 제안은 아들을 맡아서 지도해주겠다는 것이 아닌가. 그것도 일체의 비용걱정도 하지 말라지 않는가.

백 씨 부인은 손님을 사랑에서 주무시게 한 뒤 이런저런 생각에 잠을 이룰 수가 없었다. 어찌해야 하나? 호를 데리고 전라도 영암이라는 곳까지 내려가야 하나? 그곳에 가기만 하면 영계 선생님의 가세가 풍족하여 호를 공부시키는 것은 아무런 문제가 없다고 한다. 그분을 믿고 어린 아들을 혼자만 보내야 하나? 아니면 나도 함께 가야 하나? 인연이라면 단지 남편과 선비가 화담 서경덕 선생님 문하에서 함께 동문수학한 것 하나 뿐인데……. 그것도 배운 시기가 달라서 선비는 남편의 얼굴도 모른다지 않는가.

시아버님이라도 생전에 계셨더라면 좋았을 것을, 이제는 모든 일을 혼자서 결정하여야만 한다. 어떻게 그런 염치없는 짓을 할 수 있을까? 사랑방 손님은 호와 아직도 이야기를 하는지 두런거리는 소리가 그치지 않고 새어나왔다.

다음날 오전에 조반을 먹고 나서 모두는 앞마당의 평상에 앉았다. 남녀가 내외하는 것이 당시의 관습이었으나 남편과 동문수학한 사람이라니 별로 거리낄 것도 없었다. 더군다나 앞으로 호를 맡아서 가르친다고 하지 않는가. 선비는 자기가 여기까지 찾아 온 그간의 자초지종을 이야기하기 시작하였다.

"제가 얼마 전에 한양에서 있은 사마시에 합격을 하였습니다. 그렇다고 당장 벼슬자리가 생기는 것은 아니고 고작해야 진사라는 호칭만 얻는 것이외다. 이제 소과는 합격을 하였으니 본격적으로 대과를 준비하려고 합니다. 시험에 합격하고 보니 조금 마음의 여유가 생겨서 이번 참에 저의 집안 4촌 종형되는 분을 찾아서 양주 땅까지 왔더니 유배지가 얼마 전에 평안도로 바뀌었다고 하더군요. 그래서 평안도까지 올라가서 마침내 종형을 뵙고 이제 황해도로 내려 온 것입니다. 그 분의 성함을 말씀드려도 될지 조금 염려되기는 합니다만……."

선비는 잠시 주위를 둘러보다니 목소리를 낮추어서 말을 이어나갔다. 아마도 꽤나 조심이 되는 모양이었다. 호는 옆에서 눈을 빤히 뜨고서 앞으로 스승이 될 선비의 말을 열심히 듣고 있었다.

"함자를 신거관이라고 하는 분으로 서울에서 벼슬을 꽤 높게 하셨는데, 그만 을사사화(乙巳士禍)라고 하는 정쟁에 휘말려서 벼슬길에서 쫓겨나고 유배를 떠나게 된 것입니다. 얼마 전까지만 해도 양주 땅에 계셨는데 이번에 다시 더 먼 북변의 의주 땅으로 옮겨졌더군요."

백 씨 부인도 시아버지가 생전에 계실 때 그런 비슷

한 이야기를 들어 본 기억이 났다. 손님만 무료하게 이야기하라고 하고 자신은 그냥 듣는 게 미안하여 몇 마디 아는 체를 하였다.

"임금님의 어머니와 외삼촌이 많은 사람들을 귀양 보내고 죽이고 했다더군요."

부인이 아는 척을 하자 선비는 기분이 한껏 고무되었다. 마침 바람도 솔솔 불고 아침 해도 적당히 나무 그늘에 가려져 있어서 평상에서 이야기하기에는 아주 제격이었다.

"네, 그렇습니다. 그래도 다른 사람들은 사약을 받는다, 멸문지화를 당한다 하여 온 집안이 풍비박산이 났는데, 저희 집안의 형님 되시는 분은 그냥 관직에서 밀리고 유배만 떠난 것으로 그쳤으니 불행 중 다행이라고 해야 하겠지요. 그래서 이번 기회에 형님도 뵐 겸 해서 평안도를 다녀왔지요. 우리 집안 어른들의 걱정과 당부도 전해드릴 겸 해서요."

"한양에서 편안히 벼슬하시던 분이 그런 벽촌으로 유배를 떠나셨으니 고생이 심하시겠네요."

부인의 동정어린 말에 손님은 앞에 놓인 떡과 시원한 냉수를 들이키고는 슬그머니 말머리를 돌렸다. 아마도 더 자세히 이야기 하는 것이 별로 좋지 않다는 판단을 한 모양이었다. 백 씨 부인은 앞에 있는 선비를 다시 보았다. 남편은 평생 과거시험만을 목표로 형설의 공을 쌓았건만 결국은 합격의 영광을 얻지 못하고 세상을 떠나지 않았던가. 그런 부인의 마음을 아는지 나그네는 더욱 은근한 투로 말을 이어나갔다.

"나라가 너무나도 어수선할 때는 잠시 벼슬길을 뒤로하고 낙향하여 후학을 양성하는 것도 일종의 선업(善業)이 될 수 있겠다는 생각에 벼슬길을 단념하였습니다."

선비는 호의 머리를 쓰다듬으며 말을 마치었다. 그러자 백 씨 부인이 용기를 내어 앞으로의 계획에 대하여 물어 보았다.

"저어…… 그러면 저희가 어떻게 하면 되겠습니까?"

부인이 몹시 거북한 표정을 짓자 선비는 그럴 필요 없다는 듯 호쾌하게 앞으로의 계획을 이야기 하였다.

"부인께서는 아무 걱정 하실 것 없습니다. 호를 혼자만 보내셔도 상관없고요, 호가 정히 걱정이 되신다면 함께 내려와 지내셔도 무방합니다. 다행히 저의 집안이 영암 일대에서는 매우 큰 부농인지라 만약 내려오신다면 기거하실 집도 마련해 드리겠습니다. 당장 결정하지 않으셔도 됩니다."

영계 선생이 떠난 후 백 씨 부인은 생각에 생각을 거듭했다. 남편에 이어 시아버님마저도 세상을 떠나신 터에 여기서 더 있어보았자 달라질 것은 아무것도 없었다. 오히려 아들의 장래를 생각한다면 호의를 선뜻 받아들여야만 할 형편이었다. 불감청이언정 고소원(不敢請固所願)이라는 말도 있지 아니한가.

그러던 중, 하루는 뒷집 툇골 댁이 마당에서 기웃거리며 눈치를 보는 것이 아닌가. 무언가 은밀히 할 말이 있어 보이는 눈치였다. 남편인 박 서방과 함께 백 씨의 집안 살림을 이런저런 모양으로 보살펴주는 툇골 댁은 일단 말문이 터지자 거침없이 자랑을 늘어놓았다.

"마님, 말도 마세요. 그 양반님께서 어찌나 자상하시던지 저희들은 그저 황송할 따름이었습지요. 호와 둘이서 마님이 오시기를 기다리다가 심심하셨는지, 저희 집까지 찾아오셨지 뭡니까. 보통 양반들은 상사람

들과 잘 상종도 하지 않는데, 그 분은 양반 상놈 그런 차이도 별로 두지 않는 모양새였어요. 뭐 집안이 대대로 영암에서 만석군으로 살아오셨다면서, 호가 영암에 오면 친 자식이나 한가지로 대하시겠다고 하시더구먼요. 저와 남편은 그저 황송해서 굽실거리기만 했습지요. 그날 밤에 남편과 언감생심 말도 안 되는 소리까지 했다니까요. 정말 세상 양반들이 전부 그분처럼 자상하시다면 얼마나 좋을까 하고요."

그 이야기를 듣자 백 씨 부인도 한결 마음이 놓였다. 비록 이틀 동안의 짧은 만남이었지만, 그 시간 동안 선생께서는 호의 됨됨이를 가름해 본 모양이었다. 그렇지 않고서야 어찌 우리 집안일을 거들어주는 박 서방 내외까지도 구워삶을 생각을 하셨을까 싶었다.

그럭저럭 며칠이 지났다. 그날도 백 씨 부인은 어김없이 뒤뜰에서 정한수를 떠놓고 새벽 치성을 드리던 중이었다. 이 일은 지난 10여 년 넘는 세월을 단 하루도 거르지 않고 하던 일이었다. 그런데 이상하게도 그날 아침에는 아주 또렷한 생각이 떠올랐다. 마치 신령님께서 자신에게 앞으로의 길을 인도해주는 것만 같았다. 그러면서 두 주먹에 불끈 힘이 솟았다.

‘그래, 내 아들 호를 위해서라면 어딘들 못 가랴. 전라도 영암이 천리 길도 넘는다고 하던데 그곳보다 더 먼 곳이라도 갈 것이야. 영계 선생님처럼 그렇게 훌륭하신 분을 만나게 된 것도 다 지하에 계신 우리 낭군님과 시아버님의 은덕이 아닐런가. 여기 덕적골에서 우리가 무슨 농사를 짓는 것도 아니요, 그저 닷새에 한 번씩 장터에 나가며 간간히 대갓집의 잔치를 도와주고 약간의 사례를 받는 것이 고작 아닌가. 더 이상 있어 보았자 크게 달라질 것도 없다. 시아버님과 남편의 산소를 보살피지 못하는 것이 마음에 걸리기는 하지만 어쩌겠는가. 두 분 모두 호가 잘되기만을 바라시니 나의 결정을 받아 주시리라.’

일단 그런 결심을 하고 나니까 새삼 복숭아꽃 향기도 더욱 달콤하고 새들의 노랫소리도 한결 또렷하게 들리는 것이 아닌가. 마음도 그렇게 홀가분할 수가 없었다.

8. 황해도 송도에서 전라도 영암까지

　빈한한 살림이었지만 그래도 15년 이상을 살았던 고장을 떠나기란 쉽지 않았다. 이곳저곳 인사를 다니면서 작별을 고하다보니 정작 이사를 결행한 것은 거의 여름이 되어서였다.

　다행스럽게도 얼마 전에 영계 선생께서 떠나면서 이삿짐을 날라 줄 인부들과 우마차까지도 다 주선하여 준 덕분에 백 씨 부인이 할 일이라고는 별로 없었다. 덕적골을 떠날 때는 그 동안 정이 많이 들었다면서 동네 사람들 여럿이서 배웅을 해 주었다. 게다가 떠나기 며칠 전부터는 송도에서도 꽤 많은 사람들이 찾아와서 노자에 보태라면서 엽전 꾸러미도 주고 갔다. 백 씨 부인은 자기와 아들 호가 이렇듯 환송을 받으며 떠나는 게 다 시아버님과 남편의 은공 때문이라고 생각하였다.

더욱이 좋은 일은 뒷집 박 서방네가 이번 이사에 동행해주기로 한 것이었다. 필경은 영계 선생님께서 몰래 박 서방네를 구워삶은 모양이었다. 전라도 영암이 어디인가? 가는 데만 무려 천리 길이라고 하지 않는가. 갔다 다시 오려면 꼬박 한 달이 걸리는 길이다. 그런 머나먼 길을 박 서방과 툇골 댁은 일체의 수고비도 필요 없다면서 손사래를 쳐댄다. 자기네들은 선비님으로부터 수고비에 대하여는 이미 약조를 받았다며 연신 싱글벙글 하는 것이었다.

일행은 모두 일곱 명이었다. 호와 어머니, 박 서방과 툇골 댁, 그리고 영암까지 안전하게 데려다 줄 책임을 맡은 진 서방이라는 사람과 그 수하 두 명이었다. 진 서방 일행은 천리 길 여정이 걱정되어 영계 선생께서 송도에서 물색하여 보내 준 사람들로 모두가 훤칠한 장한들이었다.

일행은 황소가 끄는 우마차와 함께 임진강을 건너 벽제에서 첫날밤을 보냈다. 영암은 정말로 멀고도 멀었다. 벌써 닷새를 왔는데도 이제 겨우 금강이란다. 나루터에서 한참을 기다린 끝에 겨우 나룻배를 타고 금

路遠知馬力

日久見人心

강을 건넜다. 그러자 이제는 꽤 높은 산봉우리가 앞을 가로막고 있었다. 날은 저물어 가는데 인가는 보이지 않는다. 설상가상(雪上加霜)으로 이들이 들어선 곳은 울울창창한 숲길이었다.

일행의 우두머리 격인 진 서방이라는 사람의 말로는 무슨 재라고 하는데 인근 고을에서는 제일 높은 산이라고 했다. 오늘은 이 산 너머의 동네에서 하룻밤을 묵고 떠날 계획이란다. 원래는 초저녁이면 그 고을에 당도할 예정이었는데, 그만 나룻터에서 사공이 집안에 사정이 있다면서 배를 늦게 댄 탓에 이렇게 땅거미가 질 무렵에야 산을 넘게 된 것이었다.

이들이 초조한 걸음을 재촉하고 있는데 갑자기 삽살이가 숲속을 보면서 심하게 짖어대기 시작하였다. 무슨 일인가 하여 좌우를 살피는데 돌연 숲속에서 건장한 사내들 몇 명이 뛰쳐나오면서 소리치는 것이 아닌가.

"이놈들, 당장 게 섰지 못할까!"

모두 놀라 소리 나는 쪽을 쳐다보니 숲속에서 괴한들이 뛰쳐나왔다. 이들이 말로만 듣던 녹림당 패거리인 모양이었다. 백 씨 부인은 서둘러 호를 품안으로 끌

어안았다. 패거리들 중에 두목으로 보이는 자는 손에 커다란 칼을 들고 있었고 나머지들은 낫과 참나무 몽둥이를 들고 있었다.

"너희들의 목숨을 해치지는 않겠다. 가지고 있는 돈과 패물만 순순히 내놓으면 다치지 않고 고이 돌려보내마. 행여 관가에 고변할 생각일랑 말거라. 우리는 태안 관청에서도 다 보아주는 녹림거사들이시니라. 자, 무엇들 하느냐? 저것들의 짐을 다 뒤져라!"

칼을 든 자가 소리를 지르자 나머지 네 명이 우르르 달려들어서 우마차 위의 짐을 뒤지기 시작했다. 두목이라는 작자는 백 씨 부인에게로 다가서더니 손에 들고 있는 보퉁이를 뺏으려고 하였다.

백 씨 부인과 호가 놀라며 뒤로 물러서는 순간, 진 서방이 공중으로 몸을 휙 솟구쳐 올랐다. 순간 도둑의 괴수가 들고 있던 환도가 오솔길 옆으로 쨍그랑! 소리를 내며 떨어졌다. 진 서방의 발은 사정을 보지 않고 두목의 턱을 걷어찼다. 두목이 입에 피를 뿜으며 쓰러지자 이번에는 몸을 휙 돌려서 우마차에서 짐 뒤짐을 하던 괴한의 복부를 걷어찼다. 순간 숨이 막히는지 놈이 앞으로 고꾸라졌다. 이번에는 쇠스랑을 들고 있던

또 다른 놈이 낭심을 움켜잡고 고통에 겨워 빙글빙글 돈다. 진 서방은 마치 춤을 추듯이 다섯 명 괴한들의 급소만을 차며 날아다녔다. 괴한들은 얼굴 가득 피범벅을 한 놈, 입에 거품을 물고 하늘을 향해 벌렁 누운 놈, 낭심을 움켜잡고 데굴거리는 놈, 무릎을 꿇고 손을 싹싹 비비는 놈, 하늘을 향한 채로 벌렁 드러누워 숨을 몰아쉬는 놈, 그야말로 가관이었다. 백 씨 부인과 일행은 이 싸움을 그저 넋 놓고 바라만 보고 있었다. 이윽고 진 서방이 한 놈의 등짝을 발로 밟고 한 바탕 연설을 하였다.

"이놈들, 내가 누군 줄 아느냐? 황해도 구월산에서 10년을 하루도 빠짐없이 택견 수련을 한 진달삼이니라. 조선 최고의 택견 고수이신 무정스님의 수제자란 말이다. 너 이놈, 어디 태안 관청에 한 번 같이 가보자꾸나. 네놈 말대로 군수가 너희들과 한통속인지 내가 확인을 해야 되겠다. 이놈들아, 엄살 그만 떨고 어서 일어나서 앞장서지 못할까."

그러자 도둑의 괴수는 피가 뚝뚝 흐르는 얼굴을 옷소매로 씻어내며 연신 머리를 땅에 조아렸다.

"협객 어르신, 저희들이 오죽했으면 이렇게 산 속에

서 지나가는 행인들 짐이나 털겠습니까? 관의 횡포가 하도 심하여 도저히 먹고 살 길이 없어서 몇 달 전부터 이 짓을 하고 있사오니 부디 불쌍한 목숨 살려주신다고 생각하시고 저희들을 용서해 주십시오. 장사님의 은혜는 잊지 않겠습니다."

일행은 그러지 않아도 이미 사방이 어두워진 산 속을 헤쳐 나갈 자신이 없던 터였다. 진 서방은 못이기는 척하고 이들을 앞장 세워서 그 울창한 숲속을 빠져나왔다. 저 멀리로 인가의 불빛이 반짝일 때 진 서방은 그들을 돌려보내고 민가에서 하룻밤 유숙을 청하였다. 동네는 그다지 크지 않았는데 모두들 인심이 좋았다. 서로 자기 집에 묵으라면서 호의 일행을 맞이하려고 하였다. 일행이 묵은 집은 아들딸들이 모두 출가하고 노인들만 사는 집이었다. 신희남 선생이 준 여비에서 약간을 떼어내서 주인 내외에게 준 덕택에 그날 밤은 아주 융숭한 대접을 받을 수 있었다. 닭을 세 마리나 잡고 산나물에 집에서 담근 동동주까지 나오자 모처럼 지친 일행에게는 그야말로 잔치 같은 분위기가 마련되었다. 술이 한 두어 순배 돌자 진 서방이 자신의 과거를 털어놓기 시작하였다.

"소인은 본시 공주 감영에서 포교 노릇을 하고 있었습지요. 지금으로부터 12년 전에 중죄인 한 명을 한양으로 압송하는 일에 책임자로 부하 포졸 두 명을 데리고 한양 길을 가던 중, 평택 못 미친 안중이란 곳에서 죄인을 그냥 방면해주고 말았습니다. 사실 그분은 공주 일대에서 크게 존경을 받던 만석꾼이었는데, 신관 사또의 비위를 맞추어주지 못해서 그만 죄를 뒤집어쓰고 한양으로 가던 길이었습니다. 제가 어렸을 때부터 저의 집안이 그분의 신세를 많이 지고 자란 터인지라 도저히 그 일을 감당하기가 힘들었습니다. 그래서 평택 공작사 언덕에 이를 즈음, 그분을 놓아 보내고 저는 그길로 계속 북행을 하여 구월산까지 갔습지요. 절에서 스님 행세를 하며 지내던 중, 우리나라 택견 최고수이신 무정스님을 만나 그분으로부터 거의 10년 가까운 세월을 택견 수련을 받았답니다."

"그러면 부인과 아이들이 고초가 심했을 터인데요."

마당에 피워 놓은 장작불에 비친 그의 얼굴은 각이 진 것이 눈에서는 번쩍번쩍 불이 나는 듯 이글거렸다. 나이는 40 정도로 보였다. 그는 한숨을 쉬면서 말을 이었다.

"아내와 자식들은 제가 공주 감영에 있을 때 모두 죽었답니다. 왜 기해년에서 경자년으로 넘어오는 연간에 호열자가 돌지 않았습니까? 안타깝게 그때 아내와 두 자식을 모두 잃었습지요. 천하에 저 혼자랍니다."

백 씨 부인도 그 일은 알고 있었다. 호가 태어나기 몇 해 전이었던가? 자신이 수원 친정집에서 지내던 처녀시절이었다. 막 한 씨 집안과 혼담이 오고갈 때였는데 그때 전국적으로 호열자가 돌아서 수원에서도 많은 사람들이 죽어 나갔던 기억이 났다. 호열자(虎列刺)란 병은 걸리면 열이 나고 설사를 하면서 죽게 되는 병이다. 병이 한 동네를 휩쓸고 지나가면 살아남는 사람이 거의 없을 정도로 무서운 전염병이었다. 오죽했으면 병명에 호랑이를 상징하는 호(虎)자가 들어갔을까. 동네마다 날 오이를 먹지 말아라, 물을 끓여서 먹어라 등등의 방이 붙었던 기억이 아직도 생생했다.

하늘에는 별이 총총하게 떠있고 바람도 시원한 초여름 밤, 활활 타오르는 모닥불 주위에서 시작된 이들의 이야기는 자정을 넘기면서도 계속되었다.

9. 영암의 말괄량이 처녀들

영계는 한양을 거쳐 전라도 영암으로 내려오는 보름여 동안 줄곧 마음이 즐거웠다. 그 이유는 집안 어른들의 권유에 따라 멀리 평안도 의주에 유배되어 있던 집안 종형을 만나 본 것이요, 그것도 죄인이라고 모든 것이 불편하기는 했으나 그래도 멀리 전라도 땅에서부터 왔다는 이야기를 들은 관리들이 편의를 보아 주어 가까이서 이야기를 나눌 수 있었다. 사실 이야기라고 할 것도 없고 짧은 만남 동안 그저 손을 잡고 눈물만 흘린 것뿐이었으나, 그래도 그만하면 집안 어른들께 종형의 안부를 전해드리는 데에는 문제가 없을 터였다.

영계가 더욱 뿌듯한 이유는 이번 여행길에서 한호라는 아이를 얻은 것이었다. 그가 주변 사람들로부터 한호를 맡아 교육시켜 달라는 당부를 들었을 때는 사실

반신반의 하였다. 자신도 지금 초시에 겨우 합격하고 이제부터 본격적으로 대과를 준비하여야 하는데 제자 하나를 받아 키운다는 것이 적잖이 마음에 부담이 되었던 것이다. 그래도 막상 하룻밤을 새워가며 아이의 학문과 기량을 점검하여 보니 과연 아이가 어찌나 총명한지 도저히 12살 시골 소년이라고는 할 수 없을 정도였다. 또한 글씨는 마치 용이 구름을 박차고 올라가는 것 같이 힘차게 쓸 때가 있는가 하면, 또 어떤 글씨는 부드러운 강물이 흐르는 광경을 보는 듯, 읽는 이의 마음을 편안하게 해주기도 하였다.

송도 덕적골의 모자와 진 서방 일행이 영암에 당도한 것은 그로부터 달포가 지난 어느 날이었다. 신희남의 반가움은 이루 말할 수 없었다. 아무리 자신이 적극적으로 권했다 하더라도 정든 송도 생활을 접고 어찌 천리 길을 내려올까 싶었다. 풍습도 다르고 아는 이 하나 없는 낯선 곳을 오직 자신만을 믿고 내려올까 하고 사실은 반신반의하며 기다리던 영계였다.

"아이구, 이거 먼 길을 오셨습니다, 그래 먼 길에 힘들지는 않으셨습니까?"

"아닙니다. 선생님께서 다 주선을 해 주셔서 이렇게 무사히 오게 되었습니다."

백 씨 부인은 먼 길에 피곤하기도 하련만 그런 기색을 전혀 보이지 않았다. 그러면서 아들과 함께 사뿐하게 절을 하는 것이 아닌가.

영계 선생은 흐뭇한 마음을 진정하며 호를 안아 일으켜 주었다. 모자의 반듯한 모습을 보니 과연 자기가 잘 결정하였다는 뿌듯한 마음도 들었다. 주변에는 멀리 황해도 송도에서부터 여기까지 내려왔다는 모자를 보기 위해 동네 사람들이 모여들었다. 영계 선생의 부인 김 씨도 호의 어머니를 보자마자 반색을 하며 내당으로 끌어 들였다.

"참으로 잘 오셨소. 여기서 우리 형님 동생하고 사십시다. 내가 친 형님 이상으로 잘 모실 터이니 아무 걱정 말고 지내요."

호의 어머니가 보기에도 이곳은 황해도와는 인심이 또 다른 것 같았다. 또 산세도 험하지 않고 사방이 탁 트인 들판이었다. 그저 산이 있다면 저 멀리 앞으로 우뚝 솟은 산 하나만이 눈에 들어 올 뿐이었다. 사람들에게 들어보니 그것이 영암에서 제일 유명한 월출산이란다. 송도에서처럼 여기도 산, 저기도 산, 그저 사방이 산으로 둘러싸인 곳 하고는 분위기가 사뭇 달랐다.

영계 선생은 구림마을이라는 곳에 백 씨 부인이 살 집을 마련해 주었다. 그리고 자신이 공부하고 있는 죽 림정사로 호를 데리고 와서 숙식을 시키며 공부를 가르치기로 하였다. 그들의 배려는 그뿐만이 아니었다. 영계와 부인은 영암에서 30리 길에 있는 아천포의 독천시장이라는 곳에 어엿한 점포도 하나 마련해 주었다. 아천포는 호남의 배들이 드나드는 포구여서 항시 사람들로 넘쳐나는 곳이었다. 떡 장사를 하기에는 여기만큼 좋은 곳이 없으리라는 판단에서 김 씨 부인이 남편과 함께 이곳에 점포를 마련해 준 것이었다.

과연 두 사람의 판단은 적중하여 백 씨 부인은 영암에 온 지 불과 석 달도 되지 않았는데 벌써 아천포의 장터에서 꽤 유명한 사람이 되었다. 언제 영암 일대의 사람들에게 소문이 돌았는지 송도댁 인절미, 송도댁 시루떡이라면 장이 서기가 무섭게 다 팔려나가는 것이었다. 그중에서도 가장 유명한 것은 백 씨와 김 씨 두 사람이 함께 만드는 연잎밥이었다. 영계 선생의 집에는 작은 연못이 있었는데, 그 연못에서 자라는 연잎을 가지고 밥을 만들어 보았다. 처음부터 두 사람이 원체 정성을 들여서 소량만을 만드는 '작품'이다보니 연잎밥은 아침에 가게 문을 열자마자 다 팔려나가는 최고의 인기상품이 되었다. 장사를 시작한 지 일 년이 지나서부터는 진도와 완도 쪽에서 올라오는 뱃사람들은 물론이고 강화에서 내려오는 상인들, 그리고 더 멀리는 중국의 산동으로부터 오는 무역상들의 귀에까지 알려지게 되었다. 연잎이 모자라자 그 이듬해부터는 이웃에 있는 상대포라는 연못에서 자란 연잎까지 채취하여 음식을 만들기에 이르렀다. 하얀 거위들이 여유로이 헤엄치는 상대포는 그야말로 신선이 내려와서 노닐만큼 여유로운 연못이었다.

호도 처음에는 영암이란 동네를 낯설어 하더니 얼마 지나지 않아서는 친구들도 많이 사귀고 이곳 생활을 전혀 어려워하지 않게 되었다. 오자마자부터 아이를 어머니로부터 떼어 놓는 것이 비정하다는 생각도 들고 못내 아쉽기는 하였으나 영계 선생은 호를 자신이 머물고 있는 죽림정사로 데리고 왔다. 영암 들구실의 맨 위쪽에 자리 잡은 죽림정사는 영계의 집안에서 대대로 내려오던 아담한 기와집이다. 영계 선생은 이곳에서 다른 사람들과 교류하는 것 외에는 오로지 호를 지도하는 일만을 하였다.

휘영청 달 밝은 밤. 달빛이 툇마루 뜰 아래로 쏟아지고 있었다. 호는 둥실 달이 뜬 월출산을 바라보며 어머니를 떠올렸다. 오로지 자식 하나만을 바라고 산도 물도 다 낯설은 땅 영암까지 내려오신 어머니, 지금도 아들 하나 잘되기만을 바라시며 날마다 장터에서 떡을 파시는 어머니. 파란 달빛이 교교히 쏟아지는 밤하늘을 보며 어머니를 떠올리자 호의 눈에서는 주르륵 눈물이 흘러나왔다. 호는 어머니가 이곳에 와서 죽림정사로 자신을 보내던 날 밤의 당부를 잊을 수가 없었다.

"호야, 잘 들거라. 이 에미는 오로지 네가 잘되는 것 하나 말고는 다른 생각이 없단다. 그래서 천리 길도 멀다 않고 이곳까지 내려온 것이고 스승님께 모든 것을 의탁하였단다. 이제 내가 너에게 간절히 당부한다. 돌아가신 아버지와 할아버지를 생각해서라도 네가 훌륭한 사람이 되기 전에는 결코 나를 보려고 해서는 안 될 것이야. 네가 있는 곳과 여기 이 에미가 사는 곳이 몇십 리의 거리 밖에 되지 않는다마는, 나는 네가 큰 성공을 거두어 오기 전까지는 너를 만나지 않을 것이니

라. 알겠느냐, 아들아?"

호는 어머니의 품에 와락 달려들었다. 그런 호를 어
머니는 꼭 끌어안아 주었다. 어머니의 몸 냄새가 너무
좋았다. 호는 어머니의 품에 안겨서 엉엉 소리 내어 울
었다. 그런 아들을 어머니는 으스러져라 안아 주었다.

호에게 있어서 영암 생활은 즐거움의 연속이었다.
그 가장 큰 이유는 영계 스승님의 딸 세련이 때문이었
다. 세련이는 영계 선생의 무남독녀였다. 세련이는 열
한 살로 성격이 명랑하여 친구들과 천방지축 뛰어다니
기를 좋아하는 소녀였다. 말괄량이 기질 그대로 아버
지를 졸라 진 서방을 영암에 주저앉게 만들기까지 하
였다. 세련이의 성화에 아버지는 어쩔 수 없이 진 서방
에게 택견 강습소를 차려주었다. 도장에는 불과 두어
달이 되지 않아 이십 여 명의 수련생들이 모였다. 그중
에서도 세련이는 단연 제일 열심인 수제자였다. 세련
이는 엄마가 가르치는 규방에서의 신부수업 같은 것은
안중에도 없었다. 날마다 산과 들을 쏘다니거나 아니
면 택견 수련관에서 진 사부로부터 품새를 배우거나,
그것도 싫증이 나면 친구들과 함께 호가 있는 죽림정

사를 찾아오는 것이었다. 그러는 사이에 삽살이는 세
련이의 차지가 되어 버렸다. 삽살이도 하루 종일 서당
에서 공부만 하는 호보다는 자기를 산으로 들로 데리
고 다니는 세련이를 더 따르게 되었다.

　호가 영암에 온 지도 어언 세 해가 지났다. 그 해 단
오 날이 거의 다가올 때 쯤 되었으니, 온갖 꽃들이 다
투어 피어나는 사월 말경의 일이었다. 하루는 자습을
하고 잠시 밖에 한 바퀴 산책을 하고 왔는데 죽림정사
공부방 안에서 여자 아이들의 깔깔거리는 웃음소리가
울려나오는 게 아닌가. 호가 방문을 열어보니 거기에
는 세련이와 친구들이 모여 있었다. 아이들은 호가 하

루 종일 연습한 습자지를 들추어보며 호의 글 솜씨를 가지고 이러쿵저러쿵 하고 있었다. 호가 헛기침을 하고 방안으로 들어가자 아이들은 호에게 매달리면 아양을 떨어대기 시작하였다.

"오라버니. 제 치마에 글자 한 자만 써 주어요."

"아니야, 내가 먼저다. 내가 여기 오자고 했잖아."

"너희들 저리 비켜. 호 오빠는 내 오빠란 말이야."

그러면서 아이들은 서로 다투어 자기들의 치마를 내밀었다. 그러자 호도 장난기가 발동하였다. 호는 세련이의 치마에는 웃음 소(笑)자를, 애향이의 치마에는 떨칠 불(拂)자를, 그리고 여랑이에게는 아뢸 알(謁)자를 써 주었다. 그러자 그 아이들은 좋다고 깔깔 대면서 죽림정사를 뛰쳐나갔다. 그런데 정작 문제는 그로부터 며칠 후 단오 날 그네타기 대회에서 터졌다. 세 명이 나란히 빨강, 노랑, 파랑 치마를 입고 그네를 타기 시작하자 거기에 와 있던 구경꾼들이 배를 잡고 웃어대는 게 아닌가. 아이들은 자기네들이 그네를 잘 타서 그런 줄 알고 더욱 신이 나서 그네를 지쳤다. 나중에야 아이들은 그것이 호가 장난삼아 써 준 글씨 때문인 것을 알게 되었다.

"뭐? 소부랄? 호 오빠, 너 이젠 죽었다."

"내가 가만두지 않을 거야."

"우리들을 이렇게 웃음거리로 만들다니……."

아이들은 씩씩거리며 죽림정사를 찾아왔다. 호는 도
망 다니고 아이들은 쫓아다니고……. 온갖 꽃향기가
진동하는 죽림정사 앞뒤 마당에는 세 처녀와 한 총각
의 술래잡기 놀이가 한바탕 벌어졌다.

10. 한성부 서법경연대회 장원

　호가 처음 영암에 왔을 때의 일이었다. 스승 영계 선생은 앞으로의 계획을 이야기 해 주셨다.

　"호야, 네가 앞으로 할 공부는 초시에 대비한 공부니라. 초시(初試)란 소과라고도 하는데 여기에 합격하면 진사 또는 생원이라는 호칭을 받고, 그중에서도 아주 우수한 사람은 곧바로 관직에 나아갈 수도 있지. 그러나 제대로 하려면 전시를 보아야 해. 임금님 앞에서 본다고 하여 알성시(謁聖試)라고도 하는데, 이것이 대과(大科)란다. 나는 작년에 초시에 합격하고 이제 본격적으로 대과를 준비하고 있지. 초시라고 해서 쉬운 건 아니란다. 전국에서 몰려 든 수천 명의 인재 중에 단지 몇십 명만을 뽑는 시험이니까 아주 어렵다고 보아야 하겠지. 그것도 숫자가 정해져 있는 것도 아니고, 어떤 때는 40명을 뽑기도 하고 어떤 때는 60명을 뽑기도 한단다. 초시에만 합격하여도 곧바로 진사나 생원이라는 호칭을 받고 벼슬길에 나아갈 수가 있으니 우선 너는 초시를 목표로 열심히 준비하여야 한다. 내가 다행히도 소과에 합격한 경험이 있으니 너를 지도하기에는 아주 적임자가 아닐까 하는 생각을 한다. 시험을 준비하려면 우선 사서오경(四書五經)을 잘 해석해야 하고, 시(詩) 부(賦) 책(策)과 같은 글짓기 능력을 키워야 할 것이야."

호는 생각하였다. 이렇게 호젓하고 아늑한 집에서 훌륭한 스승님으로부터 오로지 단 한 명의 제자로 선택되어 개인적인 교습을 받는다는 것이 얼마나 큰 행운인가. 정말 어머니를 생각해서라도, 또 돌아가신 할아버지를 생각해서라도 열과 성을 다 하여야 할 것이란 생각이 들었다. 그런 호를 물끄러미 바라보던 스승님은 보다 자세한 이야기를 들려주셨다.

"사마시라는 것은 자(子)년, 묘(卯)년, 오(午)년, 유(酉)년, 이렇게 매3년마다 한 번씩 열리는데, 나도 네 차례나 떨어졌단다. 그러니까 12년을 낙방했다가 작년에야 겨우 합격한 것이야. 그만큼 과거란 힘이 드는 공부란다. 그러니 너도 단 한 번에 합격한다는 생각일랑

하지 말거라. 웬만한 천재 소리를 듣는 사람들도 20년을 꾸준히 공부하고 또 계속 문을 두드려야 열리는 것이 출세의 길이니라. 그러니 우선은 사서삼경을 배우면서 부(賦)와 시(詩)를 창작하는 기법을 배우도록 하여라. 너 사서삼경이 무엇인지는 알고 있느냐?"

호는 자세를 바로하고 똑똑하게 대답하였다. 오후의 햇살이 창에 비치어 창이 약간 붉은 색깔로 바뀌었다. 스승과 제자의 대화는 계속하여 이어졌다.

"네, 사서란 대학, 논어, 맹자, 중용을 말하며, 삼경은 시경, 서경, 역경을 말합니다."

"그렇다면 대학에 대하여 말해 보거라."

"대학이란 예기에서 한 편을 따로 떼어내 와서 만든 독립된 책입니다. 그 중심 사상은 수신제가(修身齊家) 후에 치국평천하(治國平天下)인데, 그 이전에 격물치지(格物致知)와 성의정심(誠意正心)을 하여야 한다는 구절이 있습니다."

"그래, 대단하구나. 이제부터 내가 차근차근 가르쳐 줄 터이니 너무 조급해 할 필요는 없다. 우선은 옛 중국의 부와 시를 많이 섭렵해서 언제 어떤 주제의 문제가 나오더라도 막힘이 없이 술술 써내려가야 할 것이야. 부라는 것은 작자의 생각이나 눈앞의 경치 같은 것을 있는 그대로 글로써 드러내 보는 것이니, 네가 벌써 어느 정도 기초는 되어있다고 볼 수 있고, 서예에는 네가 벌써 일가를 이루었으니 그것이 앞으로 네게 큰 자산이 될 것이니라. 이제부터는 나만 믿고 학문에 정진하도록 하여라."

그날 이후로 본격적인 학문 강독이 시작되었다. 영계 스승님은 호에게 부(賦)와 시(詩)를 잘 짓자면 중국의 시경을 달달 외울 정도가 되어야 한다고 귀가 따갑도록 강조하셨다. 스승님은 한쪽 서가에 차곡차곡 포개져 있는 서책들을 10여 권 꺼내어 호의 앞에 내놓았다. 누렇게 색깔이 바랜 책에서는 종이 냄새가 퀴퀴하게 풍겨 나왔다.

"자, 이것이 앞으로 네가 가장 주안점을 두고 공부하여야 할 시경이니라. 시경은 크게 풍, 아, 송의 세 가지이다. 좀 더 설명하자면, 풍(風)이란 그 옛날 사람들의 유유한 생활을 구가하는 시와 현실의 정치를 풍자하는 내용들이 주를 이룬단다. 아(雅)란 공식 연회에서 쓰는 의식 노래이며, 송(頌)은 종묘의 제사에서 쓰는 제례악인데, 그 중에서도 네가 제일 주목하여야 할

것은 풍이니라."

스승님은 호에게 글씨를 잘 쓰려면 음악에도 조예가 있어야 한다고 하시면서 틈이 날 때마다 음악을 가르쳤다. 강에서 배를 띄우고 스승은 북채를 잡고 제자는 피리를 불며 풍류를 즐기는 방법을 몸소 가르치기도 하였다.

세월은 유수같이 흘러 호가 죽림정사(竹林精舍)에서 공부한 지도 벌써 3년이 되었다. 그동안 호의 학문은 눈부시게 발전하였다. 영계 신희남 선생이 자신이 공부하는 시간을 제외하고는 오로지 호의 지도에만 매달렸으니 호가 일취월장 하는 것도 어찌 보면 당연하다고 할 것이었다.

새소리가 요란한 어느 봄날 아침, 문안인사를 온 호를 앉혀 놓고 스승은 한성에서 열리는 서법대회에 관한 이야기를 들려주었다.

"며칠 전에 이곳 관아에도 통기가 되었다는구나. 다음 달, 그러니까 4월 열 하루에 성균관에서 서법대회가 열린다는구나. 이른바 한성부 서법경연대회라고 하는 글짓기와 서예를 동시에 겨루는 대회인데 3년마다 한 번씩 열리는 큰 행사이니라. 전국에서 글씨를 좀 쓴다하는 사람들은 모두 모이는 대회지. 나도 옛날에 한 번 참가해 본 적이 있긴 하다만 부끄럽게도 입상하지는 못하였단다. 올해가 명종 임금께서 등극하신지 12년이 되는 해라고 하는구나. 그래서 아마도 더 많은 사람들이 모일 게야. 너도 지금부터 더욱 글쓰기를 열심히 하거라. 내가 예전에 서법대회에 나왔던 문제들을 찾아서 네가 미리 연습해 보고 응시할 수 있도록 준비해 줄 것이니라."

며칠 후 스승님이 챙겨 오신 옛날의 시험문제들을 보니 거의 다가 중국 당나라와 송나라의 유명한 시인들의 작품을 쓰라는 내용들이었다. 그런 것이라면 이미 7, 8년 동안을 연마하였으니 막힘이 없을 터였다. 그래도 스승은 당부의 말을 잊지 않았다.

"먼저 시험관이 문제를 내어주면 침착해야 하느니라. 나도 10여 년 전에 처음으로 서법대회에 나갔을 때, 무턱대고 서둘러서 그냥 먹을 갈고 붓부터 놀렸지. 그래서 결국은 시험을 망쳤는데, 너는 그래서는 안 될 것이야. 먼저 마음을 차분히 하고 내용을 다 머릿속으로 정리한 후에 써내려가야 하느니라. 그 작품에 대한 너의 의견을 또 써야 하기 때문에 결국 당락이나 장원의 결정은 그 작품에 대한 너의 해설이 얼마나 감독관들의 마음을 움직이느냐에 달린 것이지. 평소에 시를 많이 써 본 사람이 절대적으로 유리하단다."

이리저리 준비하다 보니 어느 사이에 또 한 달이 훌쩍 지나가 버렸다. 호는 행장을 수습하고 길을 떠났다. 16살 어엿한 장부가 되었으니, 만약에 이번 기회에 서법대회에서 장원을 한다면 제일 먼저 독천시장으로 달려가서 어머니를 뵈리라 작정하였다. 벌써 3년이 되었는데도 어머니와는 생이별을 하고 있지 않은가. 처음 영암에 왔을 때 장사할 곳이 정해지지 않아 잠시로 스승님의 댁에 함께 머문 보름 동안만 어머니와 함께 하였을 뿐이었다.

호가 행장을 꾸려 한성에 도착한 것은 시험이 치러지기 사흘 전이었다. 그 먼 길을 꼬박 여드레를 걸어서 왔다. 짚신 다섯 켤레가 모두 닳았다. 그래도 사월 꽃 피는 시절이라 걸을 만 했다. 스승님이 친척 종형 분의 집을 알선해 주고 소개장까지 써 주어서 남촌의 신규남라는 분의 집에서 신세를 지게 되었다. 찾아가 보니 규모가 있는 기와집으로 번듯한 집이었다. 호는 그 제서야 거창 신씨 가문의 도움을 받고 있는 자신이 얼마나 큰 행운아인지를 피부로 느낄 수 있었다. 그 집에서는 모든 식구들이 호를 마치 자기들의 피붙이인양 아껴주고 살뜰하게 보살펴 주었다. 호는 시험 전날 성균관에까지 가서 미리 장소를 답사하고 돌아왔다.

드디어 한성부 서법경연대회가 열리는 열하루 날이 되었다. 쾌청하게 아침 햇살이 비치는 가운데 꾸역꾸역 사람들이 성균관으로 모여들었다. 그 많은 인파를 보니 그저 입이 다물어지지 않았다. 호가 앉은 명륜당 앞은 물론 대성전 앞까지도 인파로 가득 찬 것이었다. 호는 자기 또래의 아이들만 왔으려니 했다가 그곳에 앉은 사람들의 면면을 보고는 다시 한 번 깜짝 놀랐다. 자기보다 어린 아이들은 별로 없었으나 50이 넘은 할아버지들도 수없이 많았다. 호의 좌우 옆자리에 앉은 두 분도 모두 갓을 쓰고 허연 수염을 늘어뜨린 할아버지들이었다. 마치 돌아가시기 전의 할아버지와 나란히 앉아 시험을 치르는 것만 같았다.

시험은 사시(巳時)가 조금 지나서 시작되었다. 봄꽃의 향기가 바람을 타고 풍겨 오는 성균관 앞마당에서

응시자들은 벼루에 먹을 갈고 답안을 쓰기에 여념이 없었다. 시험문제는 '구양수의 〈추성부(秋聲賦)〉를 쓰고 나서 그 부(附)의 품격을 논하라'는 문제였다. 호는 할아버지가 떠올랐다. 생전에 큰 인물이 되라고 그토록 당부하셨던 할아버지의 얼굴이 저 앞에 단상에 높이 앉은 시험관들 중 한 명인 것만 같았다. 그렇게 생각하자 자신도 모르게 불끈 힘이 솟았다. 호는 먹을 갈면서 눈을 감고 한참을 마음으로 내용을 정리하고는 붓을 들어 힘차게 써내려가기 시작하였다. 옆에서는 탄식하는 소리도 들리고 붓을 놀리는 소리도 들렸다.

오늘 모인 사람이 모두 1천 2백 명이 넘는다고 하였다. 그래서 감독관들도 심사하는 데에 시간이 오래 걸렸다. 장원과 합격자는 다음날 아침나절에나 결정이 된다고 하였다. 호는 다음날 일찍 날이 밝자마자 성균관으로 갔다. 한 식경 정도를 기다리자 곧 이어서 사람들 몇이 커다란 방을 들고 오더니 게시판에 풀칠을 하여 붙였다. 방이 붙자마자 사람들이 모여들었다. 거의다는 탄식하며 뒤돌아서는 사람들이었지만, 개중에는 환호하며 친구의 이름을 부르는 사람들도 꽤 있었다. 합격자와 불합격자의 희비가 교차하며 성균관 앞마당은 그야말로 난장판이었다. 호가 어렵사리 사람들 틈을 비집고 들어가서 방 가까이 갔을 때 앞에 있는 사람들의 입에서 웅성거리는 소리가 들렸다.

"장원은 한호라는 군."

"영암의 한호가 누구지?"

호는 가슴을 부여잡고 속으로 할아버지를 불렀다. 그리고 어머니를 불렀다. 또 스승님의 함자를 불렀다. 이 모두가 그분들의 도움이 아니고 무엇이랴.

시상식은 한성판윤이 하였다. 한성판윤의 양 옆으로는 울긋불긋한 복색을 한 고위 관리들이 줄지어 서 있었다. 호는 감개가 무량했다. 청운의 뜻을 품고 영암으로 내려간 지 3년 만에 이런 큰 경사를 맛보다니, 그저 모든 것이 꿈만 같았다. 한성판윤으로부터 상장과 상품을 받아들고 단을 내려오는데 누군가가 자기를 부르는 소리가 들렸다.

"이보게 경홍!"

응? 누굴까? 여기 여기서 나의 자(字) 알고 있는 사람이 있다니. 경홍(景洪)이라는 자는 몇 년 전, 해월암에 있을 때 진성 사부님께서 붙여 주셨던 호칭이 아니던가. 호가 고개를 돌려보니 인파 속에서 한 사람이 활짝 웃으며 자기를 향해 손을 번쩍 들고 있었다. 아, 거기에는 꿈에도 그리던 친구 은성이가 서 있었다. 2년 동안을 임진강가 해월암에서 동문수학 했던 친구 이은성! 둘은 누가 먼저랄 것도 없이 서로를 부둥켜 안았다.

"은성아. 그래 이게 얼마만이냐?"

해월암에서 2년을 함께 뒹굴며 공부했던 때가 엊그제요, 그때는 모두가 코흘리개 아이들이었는데 이제는 어엿한 장부로 성장한 것이었다.

"호야, 네가 여기서 장원을 하다니. 난 아까 너의 이름이 붙었을 때 혹시 다른 사람인가 하였다. 그런데 영암의 한호라니? 네가 영암과 무슨 관계가 있니?"

호는 그간의 자초지종을 이야기하여 주었다. 이제 사람들도 꽤 많이 빠져나갔다. 그러자 은성이가 호의 손을 잡아끌며 자기 집으로 가잔다. 자기 집에서 함께 자며 그간의 회포를 풀자는 것이었다. 그래도 호는 영계 스승님의 친척 집에 얹혀 있는 자신의 처지를 생각하고는 망설이며 대답했다.

"그런데 나⋯⋯ 사실은 여기 스승님 친척집에 잠시 머물고 있거든⋯⋯."

　"오, 그러면 거기가 어디냐? 우리 함께 가서 먼저 네 기쁜 소식을 전해드리고 오늘 밤은 우리 집에서 밤새 그동안의 밀린 이야기나 하자꾸나."

　그래서 둘은 우선 남산골로 향했다. 신 진사 댁에서도 경사라며 난리가 났다. 이렇게 좋은 날 어딜 가냐면서 잔치를 해야 한다고 법석을 떠는 것을 겨우 겨우 뿌리치고 은성이와 둘이서 다시 수표교를 건너서 북촌으로 왔다. 은성의 집은 북촌의 양반들만이 사는 곳에 있었다. 약간 언덕 위에 자리 잡은 은성의 집은 주변 집들과는 비교조차 되지 않는 어마어마한 저택이었다.

은성이가 커다란 솟을 대문 앞에 당도하자 하인들이 어느 사이에 알아차렸는지 대문을 신속히 열어주었다. 대문 안으로 또 한참을 걸어 들어가니 또 다른 문이 나왔다. 그것이 중문이란다. 그리고 또 하나의 문을 들어가서야 본채가 나오는 것이었다. 본채 앞에 다다른 은성이는 안에 대고 크게 인사하였다.

"어머니, 저 왔습니다."

그러자 안에서 안방 문이 열리며 귀부인이 버선발로 뛰어 나왔다. 은성이를 서둘러 마루 위로 끌어들이는 모양새가 여간 아들을 아끼는 것 같지 같았다. 호는 은성이와 함께 안방으로 안내되었다.

"어머니, 한호라고 제가 늘 말하던 친구가 왔습니다. 이 동무 아이가 오늘 서법경연대회에서 장원을 하였답니다. 장원이요!"

은성이는 친구가 자랑스러워 못 견디겠다는 듯이 친구의 등을 두드리면서 열심히 소개하였다. 은성이의 어머니는 부러운 듯이 호를 쳐다보았다.

"인사드리겠습니다. 한호라고 하옵니다."

호가 공손히 인사를 드리고 나서 정신을 차려보니 방안의 화려함이 이루 말할 수가 없었다. 어머니가 앉은 뒤로는 병풍이 서 있었는데 모두 세어보니 열두 폭이나 되었다. 한 폭 한 폭마다 일월, 송학, 소나무, 대나무 등등이 화려한 색채로 그려져 있었다. 필시 고관대작이거나 한양에서 손꼽히는 부자가 틀림없어 보였다.

"그래, 아주 영특하게 생겼구나. 너에 대하여는 은성이를 통하여 익히 알고 있느니라. 네가 오늘 경연대회에서 장원을 하다니 아주 장하다."

은성이가 자신의 방으로 물러나오자 하인들이 밥상을 들고 들어 왔다. 커다란 밥상에는 산해진미가 가득하였고, 한쪽 벽면을 꽉 채운 책장에는 서책들이 넘쳐났다. 호는 그저 어안이 벙벙할 뿐이었다. 호는 말조차 더듬거렸다.

"은성아…… 너의 아버님은…… 무엇을 하시는데 이렇게 잘 사니?"

그 질문에 은성이는 우선 밥부터 먹자며 호에게 이런저런 반찬을 권해주며 함께 밥을 맛나게 먹었다. 그러고는 천천히 집안의 내력을 이야기하였다. 은성이의 아버지는 예조에서 참판을 하신단다. 위로 판서가 한 분 있고 그 밑에서 모든 예부를 관장하는 2인자라는 것이다. 원래부터가 부유한 집안인데다가 이곳저곳에 농토도 많아서 살림이 풍족하다고 하였다. 그제서야 호는 해월암 시절, 은성이와 성문이가 해월암의 전체 살림은 물론이고 진성 스님의 사례비까지도 책임진다 던 이야기를 어느 정도 이해할 수 있게 되었다. 둘이서 이런 저런 이야기를 나누며 밤이 깊었을 때, 하인 하나 가 오더니 대감마님께서 들어오셨다고 알려주었다. 둘 은 은성이의 아버지를 뵈러 사랑으로 갔다.

"오냐, 자네가 한호로구나. 오늘 장원을 하였다며? 기특한지고."

한 오십 정도의 나이로 보이는 은성이의 아버지는 정자관을 단정히 쓰고 긴 장죽을 물고 있었다. 사람 열 명은 족히 앉을 만큼 넓은 사랑에는 병풍이 쳐져 있고 서안도 옻 칠이 되어 있어 반들반들 빛나고 재떨이에 침을 뱉는 타구도 은으로 만든 것인지 번쩍이며 빛이 났다. 은성이의 아버지는 호를 찬찬히 뜯어보며 이리 저리 물어 보았다.

"조금 전에 한성판윤 대감을 만나 뵙고 오는 길이 다. 판윤께서도 너를 극구 칭찬하시더구나. 장차 조선 의 서예(書藝)를 만방에 떨칠 인물이라고 말이다. 게

다가 이번에 장원과 차석을 한 두 사람에게는 성균관의 입학 자격까지 주고 본인들이 원하면 곧바로 관직에도 등용할 모양이더라. 나도 그동안 너에 대한 이야기는 많이 들었다마는, 이렇게 결과를 보니 과연 은성이가 네 자랑을 했던 게 결코 허풍만은 아니었다는 걸 알겠다. 내 아들 녀석이 천방지축인지 알았더니 그래도 사람을 보는 눈은 있는 모양이야, 허허허!"

그러면서 은성이의 아버지 이 참판은 앞으로 호가 벼슬길에 오르면 적극적으로 끌어주겠노라고 하였다. 둘은 방으로 돌아와 그 동안 밀렸던 이야기로 밤을 꼴딱 새웠다.

11. 떡 썰기 대 글씨 쓰기 시합

호는 서법경연대회가 열리고 나서 열흘 정도가 지난 후 영암으로 돌아 왔다. 그 동안 은성이네 집에서 이틀을 지냈다. 그 이틀이 얼마나 즐거웠는지 영암까지 그 먼 길을 전혀 힘든 줄도 모르고 걸어 내려왔다. 영암에서도 한바탕 난리를 치렀다. 영계 스승님은 호를 보자 반가움에 얼싸 안고 집안으로 데리고 들어갔다.

"그래, 이번에 큰일을 하였구나. 정말 장하다, 장해. 네가 나의 제자라는 것이 이렇게 자랑스러울 수가 없구나."

왜 아니겠는가. 전국에서 글씨 깨나 쓴다는 사람들이 모두 모인 한성부 서법경연대회에서 당당히 장원을 하였으니 그 스승의 이름도 자연 모든 사람들에게 알려지게 된 것이었다. 호는 어찌 스승님께서 자신보다도 더 빨리 한성에서의 소식을 들으셨는지 궁금하였다. 그러나 그 소문은 이미 영암 일대에까지도 짜 하게 퍼져 있었다. 호는 날이 밝는 대로 어머니를 찾아 뵐 생각에 밤새 가슴이 뛰며 잠이 오지 않았다.

그러나 다음날 아침 일찍 떠나려던 호의 계획은 일 찌감치 어그러졌다. 날이 밝기가 무섭게 인근에서 사 람들이 몰려오는 것이었다. 한양에서 큰일을 낸 호를 축하하여 주려고 인근 서당의 선생님들과 유지들이 서 둘러 선물꾸러미들을 들고 호를 만나보려고 꾸역꾸역 몰려들었다. 호는 사람들로부터 치하를 들으며 과연 이번 대회가 큰 행사였다는 것을 실감할 수 있었다.

손님들을 모두 보내고 나니 어느덧 오후도 꽤 늦은 시간이 되어 있었다. 호는 서둘러 행장을 갖추고 길을 떠났다. 등에 짊어진 봇짐 속에는 은성이네 집에서 준 귀한 선물도 있었지만, 무엇보다도 가장 값진 것은 장 원임을 알리는 두루마리 증서였다. 거기에는 한성판윤 대감의 관인이 붉은 색으로 찬란히 빛나고 있었다. 호 는 뜀박질을 하며 30리 길을 달려왔다. 사실 그동안 몰 래 독천시장에서 먼발치로 어머니의 모습을 여러 번 뵈었던지라 이 길이 낯설은 길은 아니었다. 그러나 아 마도 어머니는 자신이 몰래 어머니의 장사하는 모습을

지켜보고 간 줄은 모르실 터였다. 어머니의 초가 주변
은 이미 땅거미가 지고 있었다.

"어머니!"

호는 너무나도 그리운 어머니의 품으로 와락 달려들
었다. 어머니는 부엌에서 불도 켜지 않은 채 내일 장에
가지고 갈 떡 반죽을 하고 계셨다. 어머니 역시도 반가
움에 아들을 꼭 끌어안았다. 아! 얼마 만에 맡아보는
어머니의 체취인가. 호는 어머니의 품에 안겨서 한참

을 소리 내어 울었다. 그 동안 면발치에서 여러 번 뵌 적은 있지만 이렇게 품에 안겨 보기는 집을 떠난 3년 동안 처음 있는 일이었다.

"어머니, 제가 한성부에서 열린 서법경연대회에서 장원을 하였습니다. 여기 이것을 좀 보세요. 한성판윤 대감께서 내려주신 장원증서입니다."

방안으로 들어가서 어머니가 불을 켜고 자리에 앉자마자 호는 장원증서를 내밀었다. 호는 어머니가 그것을 보고 덩실덩실 춤을 출 줄로 알았다. 그러나 어머니는 그것을 찬찬히 들여다보더니 그냥 한쪽으로 밀어 놓았다. 이어서 호는 친구 은성이네서 준 비단 옷감도 어머니 앞에 내밀었다.

"어머니, 참 곱기도 하지요? 제 친구 은성이의 아버지께서 예조 참판으로 계신데, 그 댁에서 어머니께 갖다 드리라고 주셨습니다."

그러나 어머니는 그것조차도 그냥 힐끗 보고 옆으로 치워 놓을 뿐이었다. 그러고는 차분한 어조로 이렇게 말을 하는 것이었다.

"호야, 네가 서법대회에서 장원을 하였다는 소식은 이미 장터에서 다 들었단다. 그렇다면 어디 너의 진짜 솜씨를 한 번 보아야겠다."

그러면서 어머니는 부엌으로 나갔다가 칼과 도마를 갖고 오는 것이 아닌가. 호는 어안이 벙벙했다. 칼과 도마를 가지고 오셔서 무엇을 하시려는가?

"자, 이제 밖이 제법 어두웠구나. 어디 불을 끄고 나와 내기를 해 보자꾸나. 네가 성공하기 전에는 다시는 너를 보지 않겠다고 하였는데, 네가 이렇게 성공하여 돌아왔다니 과연 그럴만한 재목이 되었는지를 보겠다는 말이다. 너는 글을 쓰거라. 이 어미는 떡을 썰어 보마."

호는 어머니가 자신의 글 솜씨를 보고 싶어 하시는 줄로만 알고 부지런히 먹을 갈았다. 드디어 어머니에게 나의 실력을 보여 줄 기회가 왔구나, 이런 생각을 하니 먹을 가는 손이 가늘게 떨렸다.

"자, 이제 불을 끄마. 네가 자신 있는 글을 써 보아라. 누구 것이 더 반듯한지 보자꾸나."

그렇게 하여 어머니의 자그마한 초가에서 어머니와 아들의 대결이 시작되었다. 호는 먹을 갈면서 어떤 글을 써서 어머니를 놀라게 해 드릴까를 한참이나 궁리하면서 제일 자신 있는 글귀가 무엇인지를 생각하였

다. 그러다가 왕희지의 난정서 초입부문을 쓰기로 하
였다. 이미 수천 번을 더 써서 눈을 감고 써도 자신 있
는 글이었다.

"사사사삭…… 또각 또각 또각 또각……"

방안에는 종이 위에 붓이 스치는 소리, 그리고 도마

위에 칼이 닿는 소리만이 들려 올 뿐이었다. 얼마나 지났을까? 호가 다 쓰고 침묵을 지키자 드디어 어머니가 불을 켰다. 방바닥에는 호가 쓴 글씨 永和九年, 歲在癸丑, 暮春之初, 會于會稽山陰之蘭亭, 脩楔事也. 群賢畢至, 少長咸集라는 33자가 해서(楷書)체로 반듯하게 씌어 있었다. 어머니가 보기 쉽게 정자로 또박또박 쓴 글씨였다. 한편 칼도마 위에는 어머니가 썬 떡이 가지런히 놓여 있었다.

"그래, 네가 쓴 글을 한 번 해설해 보려무나."

어머니가 호를 보며 냉랭한 어조로 말을 하였다. 호는 자신의 글씨와 어머니의 떡을 비교해보자 숨이 막히는 것 같았다. 어머니의 떡은 단 하나도 삐뚤거나 크기가 다른 것이 없었다. 거기에 비하면 자신이 쓴 글은 반듯반듯하게 쓴 정서(正書)체였음에도 불구하고 제대로 위아래와 좌우의 크기가 같은 것이 없었다. 또한 글씨도 위로부터 아래까지가 직선으로 곧게 있지를 못하고 구불구불하였다. 마치 죽은 뱀을 들고 있는 것만 같았다. 호는 쥐구멍이 있으면 찾아 들어가고 싶을 지경이었다.

"네…… 저기…… 중국의 명필 왕희지라는 분이

쓴…… 난정서의 초입부분입니다. 영화 9년에 사람들이…… 회계산 북쪽 난정에 모여서……."

호의 더듬거리는 설명이 이어지자 어머니는 그러냐는 표정으로 고개를 끄덕였다.

"호야, 네가 가야 할 길은 아직도 멀고 또 멀구나. 이제 그것을 깨달았으면 어서 떠나거라. 네가 성공하기 전에는 돌아오지 말라는 이 어미의 말을 허투루 들으면 안 될 것이야."

눈물을 흘리며 어머니를 작별하고 돌아오는 길은 그래도 반달이 희미하게 빛나고 있어서 걷기에 큰 어려움이 없었다. 호는 눈물을 훔치며 길을 재촉하였다. 정말 불을 끄고 글씨를 쓰게 될 줄은 전혀 생각하지 못했었다.

'그래, 어머니는 내가 어떤 상황에서도 흔들리지 않는 최고의 서예가가 되기를 빌고 계신 것이야. 지금쯤 어머니의 마음은 얼마나 미어질까? 그래도 오늘 어머니의 얼굴을 가까이에서 보았으니 그걸로 족하지 아니한가. 어머니께서 불과 몇 년 사이에 많이도 늙으셨네. 어머니가 바라시는 성공이란 게 결국은 과거가 아닐까? 아, 어서 빨리 과거를 보아서 장원급제를 해야지. 그리고 어머니를 편하게 모셔 드려야지. 그나저나 이제 성균관에 입학하게 되면 언제 또다시 어머니를 뵐 수 있을까?'

그런 생각을 하며 30리 밤길을 재촉하였다. 오는 내내 눈에서는 눈물이 그칠 줄을 몰랐다. 모내기를 모두 끝낸 길옆의 논에서는 개구리들이 요란하게 울어대는 밤이었다.

한편 어머니 백 씨 부인은 호를 떠나보내고 그대로 방바닥에 엎드려서 대성통곡을 해댔다. 사내대장부라고는 하지만 이제 겨우 열다섯 살이다. 얼마나 어머니의 품이 그리울 것인가. 가끔씩 호가 장터에서 기웃거리며 자신을 훔쳐보는 것을 이미 눈치 챈 어머니였다. 어떤 때는 옹기점의 옹기 뒤에서도 힐끗거렸고, 또 다른 때는 포목점의 휘장 뒤에서도 자신을 살피는 아들의 눈길을 느낄 때가 있었다. 그래도 아들을 품에 안아 보기는 3년 만이었다. 그런 아들을 따뜻한 밥 한 끼 먹여 보내지 않고 다시 되돌려 보냈으니, 세상에 어떤 어미가 이다지도 박정하게 아들을 대할 수가 있을까. 생각에 생각을 거듭하니 서러움은 더욱 더 커져서 마침내는 어깨를 들썩이며 한참을 울었다. 남편이 죽었을 때 느꼈던 슬픔과는 또 다른 슬픔이었다. 그런 슬픔도 잠시, 그녀는 곧바로 마음을 진정하고 목욕을 준비하였다. 항상 목욕재계를 하고 몸을 단정히 한 후 작업을 시작하는 일은 송도에서부터 해 온 일이었다. 정성이 들어가지 않은 음식은 사람들로부터 사랑을 받을 수 없다는 사실을 일찍부터 터득해 온 백 씨 부인이었다. 머리를 단정히 빗은 그녀는 그때부터 내일 장터에 가지고 갈 떡을 준비하기 시작하였다.

떡쌀을 쪄서 반죽을 하고 나서도 그녀는 부엌문을 열고 밤하늘을 한참이나 멍하니 쳐다보았다. 아, 아들은 밤길을 무사히 갔을까? 이 에미를 원망하지는 않을까? 그런 생각을 하기 시작하자 생각은 꼬리에 꼬리를 물고 계속 떠올랐다. 그러던 중, 불현듯 작년 겨울의 일이 생각났다.

동지가 며칠 지났을 때였다. 하루 음식을 다 팔고 나서 허리를 펴고 장터거리를 내다보니 건너편 포목점 옆에 어떤 얼굴이 잠시 스치다 지나갔다. 백 씨 부인은 아들이라고 직감적으로 느꼈다. 서둘러 밖으로 나와

보니 아들은 어느 사이에 장터거리를 벗어나서 총총히 사라지고 있었다. 백 씨 부인은 마치 무엇에 홀리기라도 한 듯 한참을 뒤따라갔다. 저녁 하늘에서는 눈발이 뿌리고 있었다. 아들은 눈을 맞으며 벌써 산길로 접어들고 있었다. 사라져가는 아들의 모습을 지켜보고 있던 백 씨 부인의 눈에서는 눈물이 하염없이 흘러내렸다.

'그래, 언젠가는 우리들의 이 어려운 시간이 다 좋은 추억이 될 것이야. 그때까지 조금만 참아보자, 아들아. 내 사랑하는 아들아!'

12. 과거에 급제하다

며칠 후 호는 스승님과 영암 사람들에게 작별을 고하고 한양으로 향했다. 성균관에 들어가서 입교 수속을 마치자 호에게는 동재와 서재 두 군데의 기숙사 중 서재가 배정되었다. 그곳에 와서 함께 공부하는 유생들의 면면을 보니 모두 나이가 20세에서 30세 정도였고, 호처럼 열다섯 살 정도의 어린 학생은 거의 눈에 뜨이지 않았다.

성균관의 총 학생 수는 200명 가까이나 된다고 한다. 몇 개의 반이 있었는데 호가 소속된 반은 하재생(下齋生) 반이라고 하여 어린 학생들 중에서 특별나게 선발된 학생들로 50명에 나이는 대략 20세 전후였다. 또 다른 반인 상재생(上齋生) 반은 생원시와 진사시에 합격한 사람들로만 구성되었는데 인원은 140명이 넘었고 나이도 30~40세가 되는 사람들이었다.

성균관에서의 공부는 아침부터 저녁까지 쉬지 않고 계속되었다. 그런 빡빡한 학습 일정 중에도 호는 무슨 일이 있으면 동료 학생들을 통솔하여 우두머리의 역할을 하였다. 비록 나이는 제일 어렸지만 글 솜씨만은 자타가 공인하는 최고의 명필이었던 관계로 임금님께 주청할 상소가 있으면 호가 최종적으로 상소문을 작성하는 것이 관례처럼 되어 버렸다.

호는 성균관 생원들 200여 명을 대표하여 임금께 상소를 올렸다. 호는 이 상소에서 최근에 이르러 예가 소홀히 됨을 신랄하게 비판하였다.

예는 천리(天理)의 고유한 것에 근원하고 사람 마음의 편안함을 따른 것이므로, 한 때의 간편함을 위하여 만세의 의식을 폐할 수는 없습니다. 신들은 삼가 듣건대 오는 3월 26일 시학 할 때 모든 유생들이 길옆에서 영접하는 일과 문묘 밖에서의 예를 갖추어 절하는 것을 일체 파하게 했다고 하는데, 이는 예조에서 유생들의 번거로운 폐단을 염려하여 구차하게 간편하기만 한 예를 따른 것입니다. 아마도 먼저 번 행하실 때 신들이 엄숙한 위엄을 잃은 바가 많았던 탓으로 그렇게 하는 것

같습니다. 그러나 번거롭다고 해서 간편하기만을 따르고 예를 모두 폐하여 버린다면, 이것이 후일 관례가 되어 마침내 회복할 수 없을까 두렵습니다.

신들이 오래도록 교육의 은택을 받아 대강 예의의 방향을 아는데, 삼가 바라건대 계속 구구하게 이어져 오던 전통을 지키고자 합니다. 이에 내리신 윤음을 거두어 주시고 특별히 전의 상례대로 따를 것을 허락해 주소서.

- 소두 석봉 한호 외 182명

구구절절 장장 2천 자에 이르는 긴 상소문을 통하여 호를 위시한 성균관 유생들이 주장하는 바는, 임금께서 편리함만을 위하여 또는 일반 백성들의 번거로움을 줄이려는 의도에서 이런 저런 절차를 폐기하고 지키지 않도록 함은 법도에 맞지 않으니 과거처럼 그대로 관례를 따라 줄 것을 요청하는 내용이다. 즉 과거의 전통을 고수하자는 내용인 셈이다. 여기에 대하여 명종 임금은 이렇게 답을 내렸다.

이 예는 예로부터 늘 행해 온 것인데 한때의 편리를

위하여 갑자기 구례(舊禮)를 폐하는 것은 구차스러운 변명에 지나지 않는다고 하겠다. 오늘 아침 간원이 아뢰었고 또 유생들이 상소를 올렸으니 옛날 방식대로 할 것을 속히 대신들과 의논해서 결정하라고 지시하였다.

성균관에서의 공부가 계속되면 될수록 호의 고민은 깊어만 갔다. 이곳에서의 수학은 지난날 영암에서 스승으로부터 받은 과거시험 위주의 공부가 아니었다. 한마디로 정규 학교교육과 학원 입시교육의 차이라고나 할까? 성균관에서 일 년을 보낸 호는 16살이 되는 해 초봄에 다시 영암으로 가기로 작정하였다. 거기에서 오로지 과거시험만을 위주로 공부하는 것이 자신의 출세 길을 앞당기는 것이라고 믿었기 때문이었다.

세월은 참 빠르다. 호가 이곳 죽림정사에 온 지도 벌써 다섯 해가 지났다. 그동안 호의 입지도 많이 바뀌었다. 여전히 스승 영계 선생의 하나밖에 없는 문하생이라는 신분은 변함이 없었으나 호가 한양에 가서 서법대회에서 장원을 하고 곧 이어 성균관에서 1년을 수학하고 온 이후로는 죽림정사에 찾아와서 호의 제자가

되기를 간청하는 사람들이 몰려들었다. 처음에는 하루에도 몇 명씩이 부모의 손에 이끌리어 왔으나 그때마다 호는 정중한 말로 거절하여 그들을 돌려보냈다.

　"예까지 저를 찾아주신 것은 참으로 감사한 일이오나 보시다시피 저 자신이 아직 과거를 준비하는 학생일 뿐입니다. 부디 저의 스승님을 욕되게 하지 말아 주십시오."

이런 호의 정중한 거절에 그들은 한두 차례 매달려 보고는 하릴없이 돌아갈 수밖에 없었다. 그 이후로 호는 더욱 더 학문의 정진에만 매달렸다.

마침내 영암에도 경사가 났다. 호가 과거에 급제한 것이다. 1566년은 병인년으로 이 해는 명종 임금이 등극한 지 22년이 되는 해였다. 나라에서는 이 해를 2가 두 번 겹치는 쌍이년(雙二年)이라고 하여 대대적으로 경축하였다. 그 축하 행사의 하나로 임금님 앞에서 보는 과거시험인 알성시(謁聖試)를 보게 되었는데 호가 소과에 차석을 한 것이었다.

나라에서는 이번에 특별 과거를 치를 만도 하였다. 몇 년 동안 온 나라를 뒤흔들던 임꺽정의 무리도 몇 년 전에 모두 소탕되고 국정을 좌지우지하던 윤원형과 정난정도 귀양지에서 죽었다. 문정왕후의 총애를 받아 승승장구하던 승려 보우선사도 제주도로 유배를 당하여 죽고 그 패거리들도 모두 축출되고 말았다. 그러자 조정은 오랜만에 제 자리를 잡게 되었다.

전라도 영암을 향하여 나귀에 의지하여 길을 재촉하고 있는 호는 감개무량하였다. 눈을 감으니 며칠 전 대궐 문 앞에 높이 걸려 있던 합격자 명단에 자신의 이름이 두 번째로 적혀 있었던 광경이 눈에 선하게 떠올랐다. 특히 과거 시험 중에서 제일 어려웠던 암강(暗講) 시험 장면은 두고두고 잊지 못할 것이었다. 지필묵으로 필기시험을 마친 응시생들이 시험관 앞에 와서 일 대 일로 마주보고 하는 일종의 면접시험이었다.

호는 먼저 시험관 앞에 와서 절을 하며 자신을 소개하였다.

"영암에서 온 한호라 하옵니다."

이어 시관이 차가운 목소리로 말하였다. 멀찍이 뒤에서는 차례를 기다리는 응시생들의 웅성거리는 소리가 들렸다.

"시생은 먼저 주소, 나이, 성명, 본관을 이 종이에 쓰고 앉으시오."

시험방식은 이러했다. 시관이 앞에 쌓아 놓은 사서삼경 가운데 아무 책이나 뽑아들고 거기서 책을 펼쳐서 아무 장부터 아무 대목까지 암송하라고 지시한다. 시생은 그 말이 떨어지자마자 글자 하나, 토씨 하나 틀리지 않게 외워야 한다. 막힘없이 암송하면 시관은 시록부에다 통(通), 조금 더듬거리면 조(粗), 군데군데

막히고 더듬거리면 약(略)이라고 쓴다. 그런데 여러 번 막히거나 아예 못 외우면 불통(不通)이라고 쓰는 것이다. 급제하려면 무려 일곱 번 이상의 통을 얻어야 하는데 이것은 보통의 암기력을 요구하는 것이 아니었다.

호는 평소에 열심히 갈고 닦았던 실력이 있는지라 일곱 번을 모두 즉석에서 단 한 번의 막힘도 없이 줄줄 외웠다. 시관이 매우 흡족한 표정을 지으며 매번 통을 적어 넣었다. 호는 암강을 마친 후에 급제를 확신하였다. 그러나 한편으로는 불안하기도 하였다. 모두가 전국에서 온 수재들이니 어찌 자신만이 잘 했다고 할 수 있겠는가 말이다.

저녁 무렵이 되어서 문과, 무과, 잡과의 합격자 명단이 있고, 그 왼편으로는 호가 치른 소과의 합격자를 알리는 방이 붙어 있었다. 소과 합격자는 40명이 조금 넘었다. 창덕궁의 돈화문 옆에서는 서로 밀치며 가까이 가서 보려는 사람들의 아우성 소리, 낙방한 사람들의 한숨 소리가 뒤섞여 나왔다. 간간이 합격을 알고는 기뻐 소리치는 사람도 있었으나 그런 사람은 극소수였다.

합격자 명단을 보는 순간 호의 머릿속에는 어머니의 환하게 웃는 모습이 떠올랐다. 아! 어머니께서 나의 급제 소식을 들으면 얼마나 좋아하실까? 과거 급제 소식만 들어도 기뻐하실 터인데, 게다가 곧바로 벼슬길이 열리게 되었다는 소식까지도 들으시면 아마도 까무러치시지는 않을까?

그 사연은 이러했다. 과거 시험장에서 시험관들이 올린 합격자들의 명단을 받아 본 명종 임금은 신하들의 주청을 받아들여 점수가 가장 좋은 다섯 명에게는 대과를 거침이 없이 곧바로 관직을 주어 나랏일을 하도록 명하였다. 아직도 나라가 뒤숭숭한 판국이니 이런 난국을 수습해 나가려면 때 묻지 않은 젊은 관료들이 필요하리라는 판단에 의한 것이었다. 호는 비록 장원은 놓쳤으나 당당히 그 다섯 명 안에 들었으니 이 또한 행운이라면 행운이었다. 초시인 진사시에 합격하고도 대과까지 합격하려면 십여 년의 세월이 걸리는 것이 보통이요, 더군다나 초시에 합격한 사람들 대다수가 그냥 거기서 끝나고 마는 형편이었는데, 호에게는 초시 하나만으로 벼슬의 길이 열리게 되었으니, 이건 파격도 엄청난 파격이었다.

이렇게 하여 호는 승문원에서 사자관(寫字官)이라는 일을 하는 관리의 보조 일을 맡아보게 되었다. 직급으로는 종8품의 말단이었지만 그 일은 주로 규장각에 있는 문서들을 다시 잘 정리해서 쓰는 일로 결코 하찮은 업무는 아니었다.

호는 지금까지 세 차례의 과거를 치르면서 6년 전에 치른 최초의 과거 시험을 떠올렸다. 그건 정말 다시 생각하기 싫은 악몽이었다. 그만큼 어렵기도 하였지만 무엇보다 자신의 준비가 부족하였던 때문이었다. 영암에 내려 온 이후로 첫 번째로 맞이하는 시험으로 문제 그 자체도 엄청나게 어려웠다. 일명 '책'이라는 시험이었는데 책(策)이란 질문한 사안에 대한 대책을 서술하는 형식으로, 미사여구로 시의 창작능력을 과시하는 부(賦)나 개인의 생각을 피력하는 표(表)에 비하여 난이도가 높은 유형이었다.

당시의 시제(試題)는 천도책(天道策)이었다. 한마디로 하늘의 도에 대하여 대책을 내놓으라고 하는 것이니, 이 얼마나 황당한 시험인가? 그 질문은 대략 이런 내용이었다.

"천도는 알기도 어렵고 또 말하기도 어렵다. 해와 달이 하늘에 걸려서 하루 낮 하루 밤을 운행하는데, 더디기도 하고 빠르기도 한 것은 누가 그렇게 시키는 것인가?"

　"해와 달이 한꺼번에 나와서 일식과 월식이 되는 것은 무슨 까닭인가?"

　"경성(景星)은 어떤 때에 나타나며 혜성은 또한 어떤 시대에 출현하는가?"

　"천둥과 벼락은 누가 주관하는 것이며, 또 섬광이 번득이는 것은 무슨 연유인가?"

　"신농씨(神農氏) 때에는 비를 바라면 비가 왔으니, 하늘의 길도 선인(善人)에게만 사사로이 후하게 하는 것이 아닌가?"

　"초목의 꽃술은 다섯 잎으로 된 것이 많은데, 어찌하여 눈꽃(雪花)만이 유독 여섯 잎으로 된 것은 무엇 때문인가?"

　(……)

　어떻게 하면 일식과 월식이 없을 것이며, 별들이 제자리를 잃지 않을 것이며, 우레와 벼락이 치지 않고, 서리가 여름에 내리지 아니하며, 눈과 우박이 재앙이 되지 아니하며, 모진 바람과 궂은비가 없이 각각 그 진리에 순응하여 마침내 천지가 제자리에 서고 만물이 잘 자라나게 할 것인가. 제생(諸生)은 널리 경사(經史)에 통달하였으니 반드시 이것을 말할 수 있을 것이다. 각각 마음을 다하여 대답하라.

그런 중에도 두각을 나타낸 사람이 있었으니 바로 율곡 이이란 사람이었다. 호보다 여섯 살이 더 많은 파주 출신의 선비였다. 소년 한호는 자신의 무지를 탓하며 배움의 길이란 끝도 없다는 것을 뼈저리게 느꼈다. 호는 당시의 시험문제에 대하여 몇 자도 쓰지 못하고 그냥 시험장을 빠져 나왔다. 그리고 그 이후로 더욱 뼈를 깎는 노력에 노력을 거듭하였다. 과거 급제의 길이란 단지 글씨를 아름답게 쓰는 것으로 해결되는 문제가 아님을, 그 학문의 세계는 역학, 천문, 지리에 이르기까지 끝이 없음을 절감하고 돌아온 시험이었다.

호가 영암에 도착하여 보니 온 동네에서 호를 맞이한다고 난리였다. 농악패가 호의 주위를 경중경중 뛰어다니면서 날라리를 분다, 징과 꽹가리를 친다, 상모

를 돌린다 하며 한껏 흥을 돋우었다. 농악패가 앞서고 호가 탄 나귀가 뒤따르는데 그 주위로는 동네 아이들과 사람들이 줄지어 따라오는 진풍경이 벌어졌다.

초여름의 더위에 땀을 줄줄 흘리며 온 길이건만 그런 것을 신경 쓸 겨를도 없었다. 호는 어머니의 가게에 도착하자마자 안으로 뛰어 들어갔다. 호는 어머니가 미처 허리를 펴고 옷매무새를 고칠 사이도 없이 어머니의 품안에 뛰어 들었다.

"어머니~"

"오, 내 아들 호야! 자랑스러운 내 아들 호야~"

아, 몇 년 만에 안아보는 어머니의 몸은 예전 어머니의 그것이 아니었다. 바짝 야위어서 마치 장작개비를

안는 것만 같았다. 오히려 백 씨 부인이 늠름한 아들 호의 가슴에 안기어 엉엉 소리 내어 울었다.

"어머니, 방으로 들어가시지요. 제가 절을 올리겠습니다."

오후의 해가 서쪽 창으로 환히 들어오는 방안에 어머니가 좌정하고 앉자 호는 큰 절을 올렸다. 아아, 어머니. 저 하나를 위하여 그 동안 얼마나 고생이 많으셨습니까. 오늘에 와서야 이 자식이 사람 구실을 하게 되었습니다. 호는 절을 하며 속으로 어머니를 얼마나 불렀는지 모른다.

축하를 하러왔던 동네 사람들도 모두 돌아가고 이제 어머니와 호젓하게 둘만 남게 되었다. 밖은 벌써 땅거미가 지고 있었다. 어머니가 따뜻한 밥을 지어 왔다. 김이 모락모락 올라오는 하얀 쌀밥이었다. 숟가락을 뜨는 아들을 보며 어머니는 그저 기뻐서 눈물을 줄줄 흘렸다. 그런 어머니에게 호가 앞으로의 계획을 말씀 드렸다.

"어머니, 몇년 전에 영계 선생님께서 대과에 급제하셔서 서울로 올라간 것을 잘 알고 계시지요? 제가 이번 특별 과거에 급제하자마자 제일 먼저 영계 선생님을 찾아뵈었습니다. 선생님께서도 제가 급제에 관직까지 얻으리라고는 미처 생각을 못하셨던 것 같습니다. 제 공로를 치하하시면서 앞으로 한 달 안에 어머니와 제가 살 집을 마련해 주시겠다고 하셨습니다. 게다가 저에게 석봉(石峯)이라는 호도 지어 주셨습니다.

다음날 동네 어른들께 인사가 끝나자 곧바로 호와 어머니의 이사 준비가 시작되었다. 그러나 한양으로의 이사는 생각만큼 간단하지가 않았다. 인근 고을에서 호의 필적을 흠모하던 수많은 사람들이 이른 아침부터 죽림정사 앞에 와서 진을 치며 기다리는 것이 아닌가. 그들로서도 이번에 호가 떠나면 영영 다시 볼 수 없을 것이란 생각을 한 것이었다. 마을의 촌로들은 물론 젊은이들까지도 천하명필의 글씨를 한 점 얻으려는 욕심에 죽림정사에는 사람들의 발길이 끊이지를 않았다.

뿐만이 아니었다. 호의 입장에서도 영암에서의 10년 세월을 기념하는 무언가를 남겨야 할 필요가 있었다. 어찌 그 긴 세월 동안 자신을 보살펴주고 보듬어 준 영암 고을을 '나 그동안 잘 지냈소' 하고 그냥 훌쩍 떠나버린단 말인가. 생각이 여기에 미친 호는 영계 스승님께서 예전에 호에게, 이 고장의 박흡이란 분이 여섯 형제간의 우정이 남달랐다는 이야기를 해 주신 적이 있었는데, 그 형제들의 고택에 달 현판에 육우당(六友堂)이라는 글씨를 남겨주었다.

이삿짐이라고 해야 별 게 없으려니 했다. 그저 그동안 공부했던 서책들 백여 권만 챙기면 되려니 했는데 웬 걸 그게 아니었다. 김 씨 부인은 통 큰 대가집 마나님답게 이리 저리 챙기며 준비하는 것이 엄청났다. 다 한양에 가면 긴요하게 쓸 것들이라면서 부엌세간 살림살이에 호가 더욱 공부에 정진하여 더 큰 인물이 되라면서 윤이 반질반질 나는 서안이며 책장까지도 새로 장만하여 주었다. 호는 애당초 짐꾼 하나에게 봇짐을 지게 하여 떠날 생각이었으나 챙겨주시는 것들을 다 그러 모으니 우마차로 하나 가득이나 되었다. 세상에 이렇게도 따뜻한 인심이 또 있겠는가. 동네 사람들의 배웅을 뒤로하며 그동안 정들었던 죽림정사를 떠나올 때는 호의 눈에서도 눈물이 줄줄 흘러내렸다.

특히 엉엉 소리 내어 통곡을 하는 아이들은 죽림정사에서 호가 손수 가르치던 학동들이었다. 영계 스승님은 대과에 급제하시어 영암을 떠나면서 호에게 능력껏 후학을 받아서 후진양성을 하도록 당부하였다. 그

때까지는 일체 제자들을 받아들이지 않았던 영계 스승님이었다. 그런데 이제 자신이 나라의 부름을 받아 한양으로 벼슬살이를 하러 떠나는데, 이곳에 제자 호 하나만을 남겨두고 떠난다는 것이 마음에 짐이 되었다. 이 일은 여러 해 전부터 생각해 온 일이었다. 만약 내가 떠나고 나면 호는 여기서 어떻게 지낼 것인가? 먹고 자는 것이야 집에서 다 해결하여 준다고 쳐도 오로지 혼자서 학문만을 파고 들 수는 없는 일이 아닌가. 내가 보기에 이 아이는 영특함이 남달라서 분명 소과는 물론 대과까지도 급제할 것이다. 문제는 그때까지 어떻게 버티는가 하는 것이다. 그렇다면 가장 좋은 방법은 본인이 스스로 학문을 터득하는 한편, 후학을 가르쳐 제자들에게 애착을 갖게 하는 것이리라. 그러면 외로움도 달랠 수 있고 자신의 학문도 더 발전할 것이 아니겠는가. 이것이 영계 신희남 선생의 계획이었다. 다행스럽게도 호로부터 글공부를 하겠다는 사람들은 지천에 널려 있었다.

다음 날, 날씨도 쾌청하고 이른 아침부터 뻐꾸기가 울어대는 것이 여간 상서롭지가 않았다. 영암의 구림

마을 죽림정사 앞마당에는 수십 명의 마을 사람들과 제자들, 그리고 그의 가족들이 모였다. 호는 스승님이 떠나시고 나서부터 다섯 명의 제자를 받아 가르쳤는데 그들 중에는 훗날 참의에 오른 심우승, 선산군수를 지낸 한회가 있다.

영암 인근에서 모여든 환송객들은 이제 영암 생활을 정리하고 떠나는 호와 어머니에게 각별한 정을 보여주었다. 특히 영계 선생의 모친이신 김 씨 부인은 우마차에 하인 두 명까지 딸려서 보내주며 이들 모자의 장도를 축원해주었다.

제 2 부

천자문 이야기

13. 한양에서 관직생활을 시작하다

영계 선생이 석봉과 그 어머니를 위하여 준비해 놓은 집은 광희방이라는 동네에 있었다. 부엌이 있고 양 옆으로 방이 두 개 있는 아담한 초가로 어머니와 살기에는 제격이었다.

스승님 댁의 하인이 미리부터 집안을 정리하여 놓고 이삿짐마저도 이리저리 놓는 것을 다 도와주어 이사는 수월하게 끝났다. 어머니 백 씨 부인은 도착하자마자 집안을 쓸고 닦으며 아주 만족해했다. 그런 어머니의 모습을 보는 것은 아들로서도 여간 만족스러운 일이 아니었다.

저녁 무렵에 영계 선생님께서 퇴청하시는 길에 석봉의 새 집을 찾아오시었다. 어머니는 영계 선생님께 허리를 숙여 깊은 감사를 표하였다. 세상에 이렇게 고마울 데가 또 어디 있다는 말인가. 몇 년 만에 만나보는 영계 선생님은 푸른색의 관복 차림이었는데 영암 시골에서 정자관을 쓰고 뒷짐을 지며 걸을 때와는 그 풍기는 기운이 천양지차였다. 저녁 해가 초가 너머로 기울어가고 이집 저집에서는 저녁밥을 짓는지 푸른 연기가 피어오르고 있었다.

"여기에 집을 마련한 것은 네가 궐 출입이 편하도록 하기 위함이란다. 명륜방 같은 곳은 원체 집값이 비싸다 보니 엄두가 나질 않았고, 여기는 집값이 싸면서도 창경궁과 창덕궁이 지척이랄 수 있는 곳이란다. 단지 하나 흠이 있다면 수구문이 바로 옆이라 양반들은 꺼리는 곳이기는 하다마는……. 어떠냐? 너의 생각은?"

스승님이 어련히 잘 알아서 하셨을까 싶었다. 마침 석봉의 어머니도 연신 평상에 앉은 스승님을 바라보며 만족한 웃음을 지어 보였다.

"용산방이나 서강방은 집값이 아주 싸단다. 무악재 근처도 마찬가지이고. 그러나 그곳에서 육조거리나 대궐까지 오려면 논밭을 수없이 지나야 하고 개울도 몇 개씩을 건너야 한단다. 그래서 궐에서 근무하는 사람들은 기피하는 곳이지."

영계 스승님은 이런 저런 인사치레를 하고는 석봉을

데리고 집안으로 들어갔다. 그러고는 그에게 앞으로의 궐내에서의 행동거지나 처신에 대하여 이런 저런 조언을 해 주었다.

며칠이 지나서부터 대궐 승문원(承文院)에서 사자관(寫字官)이라는 직책을 맡게 되었다. 사자관의 주요 업무는 중국과의 외교문서와 임금의 친필문서를 관리하는 일과 사본을 만드는 일이었다. 사자관은 과거에 합격한 사람들 중에서도 글씨가 가장 탁월한 사람만을 가려 뽑았으며 그 숫자도 아주 제한적이었다. 즉, 사자관에 임명되었다는 말은 당대의 조선 천지에서 제일 글씨를 잘 쓰는 사람으로 인정받았다는 말과 마찬가지였다.

석봉이 궐에서 퇴근하여 집에 돌아오면 집 앞에는 항상 한두 명의 사람들이 석봉을 기다리고 있었다. 그들은 석봉에게 사정사정하여 글씨를 받아가서는 액자도 만들고 병풍도 만들어 집안의 가보로 삼고자 했다. 석봉은 아무리 힘들고 지친 날이라고 하더라도 그들의 청을 뿌리치지 않고 언제나 친절하게 맞아 주었다.

그러던 어느 날, 그날은 유난히 궐에서 일이 많아 파김치가 되어 집에 돌아 왔는데, 집 앞 평상에 두 사람이 앉아서 기다리고 있는 것이 아닌가. 한 사람은 궐에서 근무하는 관리로 보였고, 다른 한 사람은 복색이나 몸집도 조선 사람과는 사뭇 달랐다. 그 사람은 상투도 아니고 꽁지머리도 아닌 이상한 머리를 하였고, 복장도 울긋불긋 꽃무늬가 들어가 있는 옷을 입고 있었다. 여름 날 소나기가 한바탕 지나간 뒤라 하늘은 몹시도 맑고 쾌청하였다. 양반 복장을 한 사람이 점잖게 읍을 하며 먼저 자기소개를 하였다.

"처음 뵙겠습니다. 저는 예부에서 일하고 있는 박현동이라는 사람이올시다. 오늘 이렇게 찾아뵙게 된 것은 이번에 류쿠 국에서 사신으로 오신 여기 양찬이란 분이 꼭 선생을 뵙고자 하여 이렇게 실례를 무릅쓰고 기다리던 참이외다."

석봉은 그들을 집안으로 들인 후 곧 지필묵을 꺼내 왔다. 어머니가 가져온 시원한 꿀물을 마시며 석봉과 사신의 대화가 시작되었다. 필담을 시작하여 보니 이 사람은 저 멀리 류구(琉球)라는 나라에서 왔다는 것이었다.

"나의 이름은 나바타로 시바겐지이다. 그러나 대외적으로는 양찬(梁燦)이라는 한자를 쓴다."

"류구라는 나라는 얼마나 먼가?"

"우리나라에서는 오키나와라는 이름을 쓴다. 일본에서 배를 타면 열흘, 중국 복건성에서는 닷새가 걸린다. 그러나 그것은 바람이 순풍이고 일기가 좋을 때의 이야기이지, 일기가 나쁘면 기약할 수 없는 망망대해에 있는 섬나라이다."

"섬은 얼마나 큰가?"

"장정의 걸음으로 천천히 걸어서 이틀이면 이쪽 끝에서 저쪽 끝까지 갈 수 있다. 그렇지만 작은 섬들도 50여 개나 있어서 전체적인 크기는 나도 모른다."

"사람은 얼마나 사나?"

"대략 20만 명은 넘을 것이다."

"귀국과 조선의 풍습 중 큰 차이를 느껴 보았는가?"

"우리나라에서는 음식을 먹을 때 젓가락으로 음식을 집어서 손바닥 위에 올려놓고 먹는다. 그런데 조선에 와보니 그냥 그릇에서 음식을 젓가락으로 집어서 입으로 가져간다. 이것은 참으로 괴이한 일이다."

두 사람의 이야기는 계속되었다. 서안 옆으로는 대담을 적은 종이가 차곡차곡 쌓여갔다. 이렇게 필담을 나누고 있는 사이에 석봉은 류구라는 섬나라에 대하여

많은 것을 배울 수 있었다. 바람이 무척 심하게 자주 분다는 것, 그래서 집들이 다 땅에 닿을 듯 야트막하게 지어졌다는 것, 후추와 침향과 같은 향신료가 많이 난다는 것, 중국과 일본을 상대로 조공을 하여 겨우겨우 명맥을 유지하여 나간다는 것 등등…….

사신이 직접 이렇게 집에까지 찾아 온 이유는 석봉 한호가 조선 최고의 명필이라는 사실이 이미 오키나와라는 섬나라에까지도 퍼졌다는 것이었다. 그래서 자신이 오키나와를 떠나기 전에 조선국에 가면 반드시 한석봉을 찾아 볼 것과, 그로부터 되도록 많은 휘호를 받아오라는 상부의 지시를 받았다는 것이었다.

석봉은 박현동과도 이런저런 이야기를 하면서 생각을 다듬었다. 그리고 여기까지 외국의 손님을 데리고 온 그의 체면을 생각하여서라도 휘호를 써주지 않을 수가 없었다. 그리하여 생각해 낸 것이 사해동포(四海同胞)라는 넉 자였다. 전 세계의 사람들이 모두 한 동포라는 뜻이니 넓게 해석하자면 평화롭게 잘 지내자는 뜻이다. 자신의 뜻을 박현동에게 알리자 그도 아주 밝은 표정을 지었다. 그 역시 혹여나 거절을 당하면 자신의 체면은 땅에 떨어지는 것이요, 또 이 일이 궐내에 알려지면 이런 저런 문제에 휘말릴 수도 있었기에 극히 조심하던 차였다. 그는 사해동포라는 휘호를 세 장 써서 류구의 사신에게 주었다. 사신은 자신의 보따리에서 본국으로부터 가지고 온 귀한 선물을 꺼내어 호에게 건네주었다. 그것은 푸른 구슬을 길게 꿰인 목걸이 같은 것인데, 사신은 그것을 자기의 목에 빙빙 두르는 시늉을 하였다. 몇 번 사양하였으나 원체 강력하게 권하는지라 계속 거절하는 것 또한 예의가 아닌 것 같아서 석봉은 그것을 받아서 어머니에게 드렸다.

이렇게 석봉 한호는 조금씩 자신의 인맥과 식견을 넓혀 나갔다.

이제 한양에서 바로 지척에 두 집이 일가를 이루어 살고 있었으므로 스승의 가르침은 시시때때로 이어졌다. 어떤 날은 퇴청하여 서책을 펴놓고 있으면 하인이 와서 스승님께서 기다리신다고 하고, 또 어떤 날은 아예 다음 날짜를 미리 잡아 놓기도 하였다. 스승의 집은 광통방이요 석봉의 집은 광희방이니 그저 보통 걸음걸이로 걸어도 한 식경 정도면 닿을 수 있는 거리였다. 수구문이라고도 하는 광희문을 바라보고 조금 내려가면 계림골이오, 조금 더 가면 군기시와 훈련도감이다. 거기서 조금 더 내려가면 장통방에 원죽사가 나오고 곧 다음이 광통방이다. 거기서 수표교 다리를 건너면 육조거리가 나오고 그 앞이 경복궁이다.

스승님의 저택은 반듯한 기와로 방이 여섯 칸이오, 사랑채가 하나, 그리고 행랑채가 하나인, 한양에서도 꽤 좋은 집이라고 할 수 있었다. 과연 영암의 부호답게 한양에서의 생활도 전혀 주눅 들음이 없이 번듯한 규모였다. 스승님은 차향도 그윽한 설록차를 즐겨 마셨다. 영계 선생은 이제는 어엿한 하급관리가 된 제자에게 차를 따라주며 이런 저런 시국에 관한 이야기를 들려주었다.

이제는 지난날처럼 과거시험을 위한 공부가 아니었다. 앞으로 나라에서 꼭 필요한 인재가 되기 위해서는 어떻게 처신해야 하는가, 당파싸움에 휘말리지 않으려면 어떻게 해야 하는가, 그리고 식견을 넓히려면 무엇을 알아야 하는가를 위주로 하는 일선에서의 실무교육인 셈이었다.

"네가 어렴풋이 알고는 있겠다마는 작년에 선왕께서 승하하신 후 급하게 왕손을 수소문하여 임금의 보위에 앉게 된 지금의 주상이신 임금께서는 적통이 아니시니라. 적통이란 정비의 아들을 말함인데, 지금 임금께오서는 저 멀리 중종대왕의 서자이신 덕흥군의 셋째 아들이 되시지. 선왕이신 명종 임금께서 후사가 없이 갑자기 승하하시어서 부랴부랴 왕실의 어른들께서 방계 인물 중에서 선택을 한 것이란다. 비록 15세의 약관이시지만 그래도 주상께서는 학문이 깊어 글 잘하는 선비들을 평소부터 흠모하여 오셨다는구나. 그 제일 큰 혜택을 바로 네가 받는 것이기도 하다만."

이제 한양에서의 생활 어언 1년, 스승과 제자는 조정의 전반에 관하여 폭넓게 의견을 토론하는 친구 사이가 되어 있었다. 가끔씩 스승님이 들려주시는 궐내의 동정과 시국에 관한 이야기는 아직까지 일천한 벼슬살이에 있는 석봉에게는 마치 가뭄의 단비와도 같은 것이었다. 석봉은 스승님으로부터 들은 이러 저런 이야기로 자신의 부족한 부분을 많이 보충할 수가 있었다. 밖에서 부는 찬바람에 이따금씩 방문이 덜컹덜컹 흔들렸다.

"임껵정 난리의 후유증이 아직도 다 진정되지 않았다고 들었습니다."

호가 임꺽정의 난 이야기로 주제를 돌렸다. 화로 가까이 제자를 앉도록 한 스승은 몸을 단정히 하고 이야기를 들려주었다.

"너도 웬만큼은 들어서 알 것이니라. 6년 전에 평정된 임꺽정이와 그 패거리들의 난은 그 후유증이 여간 심각하지가 않구나. 원래 임꺽정은 경기도 양주에서 버들고리를 만드는 고리백정 출신으로 갈대밭이 많은 황해도로 옮겨왔단다. 임꺽정의 활동 근거지인 봉산과 재령에는 바닷가에 갈대밭이 지천으로 널려있지. 그런데 그것마저도 권문세가들이 차지하여 돈을 받고 팔았다고 하는구나. 그러니 힘없는 천민들이야 하는 수 없이 갈대를 사서 써야만 할 것이 아니겠느냐. 이번 사건을 따지고 들어가면 갈대로 삿갓과 돗자리를 만들어 생활해 나가는 백정들의 분노가 폭발한 것이야. 거기에 일반 백성들도 일부 가세한 것이고."

"그런데 관군도 당하지 못할 만큼 강한 세력이라면 도대체 그들은 어떻게 하여 그런 용맹한 무리들을 모았을까요?"

"아니다. 그것은 약간 과장되었단다. 백성들이 관군을 적대시하고 오히려 도적의 편에 붙어서 그렇게 된 측면도 일부 있지. 그래도 모두가 다 헛소문이라고만 할 수는 없는 것이, 몇 년 전에는 황해도 순경사 이사중이나 강원도 순경사 김세한도 그들의 농간에 속아 허위로 임꺽정을 일망타진하였다고 보고를 하였구나. 나중에 그것이 허위라는 사실이 발각되어 처형당하기는 했지만 말이다. 실은 나 역시도 임꺽정 무리 중에 어떻게 그런 뛰어난 사람들이 있는지는 의문이란다. 일설에는 을묘년에 있었던 삼포왜란 당시에 임꺽정이 잠시 수자리(水軍)로 출정한 적이 있었는데 그때거기서 뛰어난 인물들을 많이 사귀었다는 소문도 있다고 하더구나. 그래도 내가 볼 때는 그들의 활약상이 이리 저리 소문에 소문을 만들어서 조금 과장된 면이 있지 않나 싶다."

"스승님, 아까 을묘사변 말씀도 하시던데, 제가 영암에 있을 때 어란포를 둘러 본 적이 있는데요, 거기서사시는 촌로들의 말씀을 들으니 불과 이십 년 사이에수많은 왜란을 겪었다고 하더군요. 왜와의 관계를 좀더 호혜적으로 풀 수는 없는 것일까요?"

스승은 제자를 흐뭇한 표정으로 바라다보았다. 창호지 사이로 들어 온 바람에 촛불이 잠시 일렁거렸다.

"오호라, 네가 나 없는 사이에 여기 저기 견학을 많이 다녀 보았구나. 그래, 그렇게 견문을 넓혀야 한단다. 왜와의 관계는 어떻게 한마디로 정리할 수가 없어요. 전전 대의 왕이신 중종대왕 5년의 삼포왜란을 시작으로 중종대왕 39년의 사량진왜변과 같이 저놈들은 끊임없이 조선의 연안을 노략질하였지. 그럴 때마다 정부에서는 저들을 달래며 난을 잠재우기만 하였던 거란다. 저놈들이 원하는 것은 더 많은 교역을 하자는 것인데 우리 조정에서는 방침이 그렇지를 않으니 어쩌겠느냐. 급기야는 선왕이신 명종 임금께서 등극하신 지 10년째 되던 해에 왜구들이 크고 작은 배 70여 척으로 전라도 연안지방을 습격한 일이 있었단다. 아까 말한 임꺽정의 무리 중 길막봉, 황천왕동, 배돌석, 이봉학이 임꺽정과 의형제를 맺고, 거기에 또 서림이 같은 모사꾼이 가담하여 큰 세력을 이룬 것이지."

"그때가 바로 제가 어머니를 모시고 영암으로 내려간 해였습니다."

제자의 맞장구에 스승은 신이 났다. 이렇게 이들의 이야기는 밤이 늦도록 그칠 줄을 몰랐다. 거기에는 정치에서부터 경제에 이르기까지, 양반가의 일에서부터 일반 백성들의 이야기까지, 설화에서부터 역사적인 사실에 이르기까지, 또 이웃나라인 중국과 일본의 이야기까지 끝이 없었다. 그러나 언제나 이야기 말미에 스승이 하는 당부는 중용을 지키라는 것이었다.

"내가 너를 영암으로 데리고 오게 된 동기가 바로 우리 종형께서 정치적인 분쟁에 휘말려 평안도로 귀양을 떠났기 때문이 아니더냐. 집안 어른들의 당부도 있고 하여 귀양 간 종형의 사정이 어떤지 알아보려고 갔다가 오는 길에 너를 데리고 영암으로 내려온 것이란 말이다. 그러니 너는 항상 공자님 가르침 중에서 중용을 제일 무겁게 여겨야 할 것이야. 이쪽저쪽에도 선을 대지 않고 오직 자기 앞길만 뚜벅뚜벅 걷다 보면 그런 풍파에 휘말리지 않을 수가 있느니라. 대개 사람들이 나는 무슨 파네, 나는 누구와 연이 닿네, 하면서 파벌을 형성하는데 그게 결국에는 자기 명을 단축하는 짓이야. 물론 말처럼 쉽지는 않겠지. 그렇지만 네게는 조선 최고의 필봉이라는 명성이 이미 형상되고 있으니 너만 앞가림을 잘 한다면 어느 누구도 감히 너를 험담하지 못할 것이야. 알아 듣겠느냐?"

"네, 스승님. 반드시 그러겠습니다. 그리고 제 자신

을 늘 돌아보겠습니다."

"특별히 뇌물에 주의를 하여야 할 것이야. 네가 이런 저런 휘호를 써주는 것으로 알고 있다마는, 그것도 가려서 써주도록 하여라. 일단 써 주었다면 그냥 보시를 한다고 생각하고 공짜로 주란 말이다. 대가를 바라면 그것이 곧 뇌물이 될 수 있음이야. 알겠느냐?"

이렇게 스승과 제자의 산교육은 밤이 깊어가도록 그칠 줄을 모르며 이어졌다.

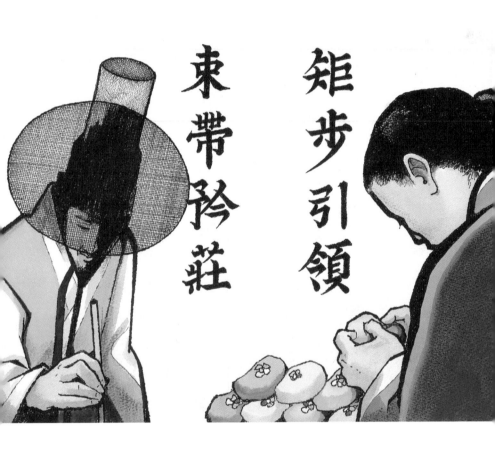

矩步引領

束帶矜莊

14. 결혼, 득남, 어머니를 떠나보내다

한양에서의 생활이 안정되자 여기저기서 중매가 들어왔다. 당시만 해도 15~16세면 혼인을 하던 시대였으니 어언 26세가 된 석봉으로서는 많이 늦은 것이었다. 여러 집안과 혼사가 오고 가던 중 마침내 석봉은 통천 최 씨 집안의 규수와 결혼을 했다.

두 말 할 것도 없이 어머니 백 씨의 기쁨은 하늘을 찌를 듯 했다. 어떻게 키운 아들인가. 아들의 출세를 위하여 황해도 송도로부터 전라도 영암까지 천 리 길을 걷고 또 걸어 도착하였다. 아는 사람 하나 없는 영암의 독천시장 장거리에서 떡장수를 하며 보낸 10년 세월, 당시 머릿속에는 아들 하나 잘 키워서 출세시킨다는 생각 밖에는 없었다. 그 긴 세월 동안 장터를 기웃거리며 어머니의 얼굴을 보고자 찾아 온 아들을 모른 체하고 내버려두었던 비정한 어미가 아니었던가.

그 동안 흘린 눈물이 얼마였을까 하고 생각하니 어미로서 차마 못 할 일을 한 자신이 밉기까지 하였다.

그러나 그런 회한도 지금은 다 지난 일이 되었다. 이제 아들은 남들이 다 부러워하는 조선 최고의 명필이 되어 임금님의 총애를 받는 귀한 몸이 되었다. 거기다가 복스럽기 그지없는 며느리까지 맞이하였다. 며느리는 얼굴도 둥그렇고 수더분하니 말이 별로 없었다. 비록 부잣집은 아니었으나 꽤 규모가 있는 집안의 처자로 방년 19세라고 하였다. 그리고 집에 들어 온 지 반 년이 되었는데 벌써 배가 꽤나 불러 있다. 올 겨울에는 아들인지 딸인지 귀한 손주를 낳을 것이다. 아하, 고진감래(苦盡甘來)라더니 바로 이런 걸 두고 하는 말인가 보다. 백 씨 부인은 밝은 달을 보며 그저 감사하다고 연신 절을 하였다. 다음 달이 중추절인 모양이었다. 구름 속에 가렸던 달이 밖으로 나오면서 휘영청 밝은 빛을 온 세상에 뿌려준다. 초가을 풀벌레 소리도 제법 요란하다. 집안에서 짚신 끄는 소리가 나는가 싶더니 나직한 목소리가 귓가에 와 닿는다.

"아니, 어머님. 밤바람이 찬데 들어오시지 않고요."

뒤를 돌아보니 며느리가 수줍은 듯 고개를 숙이고

서 있다. 손은 둥그런 배 위를 감싼 채로. 이것이 다 나의 복이구나. 백 씨 부인은 환하게 비추는 달을 바라보며 남편을 생각하였다. 여보, 무엇이 그리 급하셔서 천둥벌거숭이를 두고 먼저 가셨나요? 그래도 그 아이가 이제 의젓하게 벼슬을 하고 있답니다. 임금님도 가끔씩 뵌다는군요. 여보, 다 보고 계시지요?

둥그런 보름달은 아무런 말이 없이 유유히 구름사이로 흘러만 가고 있었다.

마침내 석봉은 아들을 얻었다. 동지 달 비와 첫눈이 뒤섞여 내리던 밤이었다. 석봉의 어머니 백 씨 부인의 기쁨은 이루 말 할 수가 없을 정도였다. 얼마나 기쁜지 그저 아들의 손을 잡고 엉엉 소리 내어 울 뿐이었다. 왜 안 그렇겠는가. 어린 아기 시절에 제 아비를 잃고 지금까지 편모슬하에서 자라온 아들이다. 그래도 어려서부터 글씨 쓰는 재주를 타고 난 데다가 할아버지의 지극정성이 더해져서 필명으로 이름을 떨치게 되었다. 아들이 그렇게 되기까지 영계 스승님이 보살펴주시고 이끌어주신 은혜야 더 말할 나위도 없을 터였다. 그 실력을 인정받아 벼슬을 하여 한양에서 어엿한 관직생활을 하지 않는가. 게다가 이제는 아들을 낳아 한 씨 집 안의 대를 잇게 되었으니, 이보다 더 기쁜 일이 어디 있을 것인가.

아기 이름은 민정이라고 지었다. 민정이는 무럭무럭 자랐다. 백 씨 부인의 즐거움은 오로지 아기를 키우는 것밖에 없었다. 아침에 며느리가 아이에게 젖을 잔뜩 먹이자마자 아기를 업고 나가면 해가 중천에 떠서야 돌아왔다. 들어와서는 젖을 먹이고 기저귀를 갈아주기를 기다렸다가 또다시 아기를 업고 나가는 것이었다. 아기와 하루 종일 이런 저런 이야기를 나누는 것이 백 씨 부인의 제일 큰 즐거움이었다. 민정이가 아직 말을 할 수도 없고 알아들을 수도 없지만, 그저 젖먹이 손자에게 이런 저런 이야기를 들려주는 것이 자신의 즐거움이었다.

그러나 그런 행복도 오래가지 못했다. 민정이가 두 돌을 겨우 넘기고 새해가 되었나 싶었을 때, 발목을 다친 것이 화근이 되었다. 그날도 민정이를 업고 나간 백 씨 부인이 이런 저런 콧노래를 부르면 동네를 돌아다니는데, 그만 이웃집의 초가 그늘에 덜 녹은 얼음이 있는 것을 발견하지 못한 것이었다. 순식간에 몸의 균형을 잃고 발목을 삐었다. 그래도 뼈가 부러지지는 않았으나 그날부터 발목이 몹시 시큰거리며 바깥출입을 못하게 되었다. 그러자 이런 저런 병이 한꺼번에 몰려왔다. 천하의 효자인 석봉이 이리저리 용하다는 의원들을 불러다가 갖가지 침도 놓고 한약도 다려드렸으나, 어머니 병세는 차도가 없었다. 그러기를 일곱 여덟 달이나 지났을까? 가을로 접어들면서 기력이 떨어져서 시름시름 앓더니 어머니는 채 육십도 못되어 그만 이 세상을 하직하셨다.

어머니를 잃은 석봉은 몇날 며칠을 식음을 전폐하고 지냈다. 호사다마(好事多魔)라고 했던가? 어머니가 돌아가시고 불과 며칠 사이로 그야말로 가족처럼 지냈던 삽살이마저도 죽었다. 하늘도 무심하시지, 어떻게 이럴 수가 있을까 싶었다. 이제 모든 생활이 안돈되고 손주까지 보았는데, 어머니가 허무하게 떠나셨다. 삽살이와의 추억은 또 어찌하란 말인가.

어머니가 돌아가시고 나서 석봉은 한동안 마음을 안돈시킬 수가 없었다. 관청에 나가서도 멍하니 먼 산만

바라볼 뿐 제대로 업무에 집중할 수가 없었다. 집에서
도 마찬가지였다. 아내의 살가운 말도 귀에 들어오지
않고 아들 민정이가 어리광을 부려도 별로 귀여운 생
각이 들지 않았다. 위기가 찾아 온 것이었다. 어서 하
루 빨리 이 위기에서 벗어나야만 할 것 같았다. 무언가
돌파구가 필요했다.

그러던 어느 날 저녁나절에 아내가 떡과 칼도마를 가지고 석봉이 기거하는 사랑방으로 들어왔다. 응? 무슨 일이지? 어느 집 잔치를 도와 줄 일이 있나? 잠시 의아해 하는 석봉에게 아내는 방긋 미소를 짓더니 떡 썰기 시합을 하자는 것이 아닌가. 그 옛날 영암에서 어머니는 떡을 썰고 남편은 글쓰기를 했다는 이야기를 잘 알고 있던 아내 최 씨가 생각해 낸 묘수였다. 그때처럼 하다 보면 남편의 근심을 덜 수 있지 않을까 해서 짜낸 계책이었다. 그날을 시작으로 하여 석봉은 대궐에서의 하루 일과가 끝나기 무섭게 집에 돌아오면 아내는 떡을 썰고 석봉은 먹을 갈아 글씨를 썼다. 그러다 보니 어머니를 잃은 시름으로부터 어느 정도 벗어날 수 있었다.

아내가 제안한 또 하나의 마음 치료법은 글씨로 보시를 하자는 것이었다. 석봉의 이름이 꽤 알려지자 석봉의 집에는 하루에도 몇 명씩 글씨를 부탁하러 오는 사람들이 있었다. 그러나 어머니가 돌아가시고 나서는 만사가 귀찮아지고 하여 글씨 청탁을 완곡하게 거절하였다. 몇 차례 거절을 당하고 그것이 입소문을 타자 석봉의 집에는 글씨를 써 달라고 찾아오는 사람들이 눈에 띄게 줄었다. 하루는 퇴청하여 둘이 마주앉아 글을 쓰며 떡을 썰고 있을 때 아내가 이런 제안을 하는 것이었다.

"여보, 요즘 사람들이 별로 찾아오지 않지요?"

"음, 그런 것 같소."

"당신 보시(布施)라는 말 잘 아시지요?"

"부처님의 가르침대로 널리 베푸는 것이 아니오?"

"재시(財施), 법시(法施), 무외시(無畏施)가 있다는 것도 아시지요?"

"물론 알고 있소."

평소 절에 자주 가서 불공도 열심히 하고 또 집으로 찾아오는 스님들에게는 깍듯이 대하던 아내 최 씨였다. 팔월대보름이 한 달 앞으로 다가와서인지 유난히도 달이 밝았다. 방안에서는 촛불을 사이에 두고 아내와 남편의 정겨운 대화가 이어졌다. 20대의 아내는 이제 둥그런 박처럼 활짝 피어 있었다.

"그래서 제가 생각한 것인데, 당신이 가진 필력으로 사람들에게 베푸는 건 어떨까 해서요. 그것도 지금처럼 찾아오는 사람들한테 마지못해 써주는 게 아니라, 아예 날을 정해 놓고 써주면 어떨까 싶네요. 우리가 불

도에 능한 사람은 아니니 법시는 못하고 또한 남의 근심을 없이 하여주는 무외시도 못하겠지요. 그렇지만 당신의 가진 재주로 사람들에게 글을 써주면, 그것이 일종의 재시가 되지 않을까 싶네요."

그리하여 석봉의 집 앞에는 매월 보름날이 되면 글을 얻으려는 사람들이 장사진을 이루었다. 석봉도 그 날만큼은 관청에서 휴가를 얻든가 그것이 여의치 않으면 조금 일찍 퇴청하여 사람들에게 글씨를 써 주었다.

그렇게 1년여가 지나자 광희방 석봉의 집 앞은 한양의 색다른 명물이 되었다. 장사진(長蛇陣)이라는 말을 그대로 보여주듯 뱀의 꼬리마냥 길게 줄을 서서 자신의 차례를 기다리는 사람들, 또 글씨를 받아서 즐거워하며 돌아가는 사람들로 인산인해를 이루었다. 애초에 걱정했던 지필묵 문제도 부자들이 자진하여 종이도 대 주고 먹도 사서 보내 주니 저절로 해결되었다.

　석봉이 이렇게 써 준 것들은 주변의 사람들을 위한 것들 뿐이 아니었다. 임금께서 직접 불러서 지시하신 도산서원*의 현판이 그의 대표적인 작품이라 하겠다. 선조 임금은 즉위 8년차인 1575년에 석봉에게 '도산서원'이라는 현판 글씨를 써 오라고 명하셨다. 도산서원에서는 임금께서 하사하신 현판을 받아 서원의 강당 격인 전교당 전면에 걸어 놓았다. 선대인 명종임금 때부터 그때까지 '도산서당'이라고 불리어 오던 이황 선생의 서당이 선조임금이 직접 하사한 현판을 달고부터는 '도산서원'으로 명명되는 것이다. 그 편액의 크기도 자못 웅장하여 가로가 어른 한 길이 넘고 세로는 두 뼘이나 된다.

* 도산서당과 도산서원: 도산서당은 퇴계선생이 몸소 거처하면서 제자들을 가르치던 곳이고, 도산서원은 퇴계선생 사후 제자들이 건립한 사당과 서원이다. 원래 서원은 선현제향과 학문연구를 위해 사림(士林)에 의해 설립된 사설교육기관이며 향촌자치운영기구이다.

15. 중국 사신들과의 필력 겨루기

석봉이 벼슬길에 오른 지도 어언 6년이 되었다. 석봉의 글씨체는 점점 더 유명세를 탔다. 사람들은 석봉 한호의 글씨를 한 점 얻는 것을 가문의 큰 영광으로 여겼다. 당시 조선 사회에는 송설체라고 하는 글씨체가 유행하고 있었는데, 이것은 조맹부(1254 ～ 1322)라는 원나라 초기의 학자가 이룩한 서풍이었다. 송설체가 전국적으로 유행하게 된 데에는 세종대왕의 아들이었던 안평대군을 비롯한 왕손들이 주로 조맹부의 글씨체를 그대로 본받아 퍼트린 때문이었다. 당시 원나라의 황제 인종은 조맹부의 뛰어난 점을 조목조목 열거하였다. "첫째, 제왕의 핏줄이다. 둘째, 풍모가 뛰어나다. 셋째, 박학다식하다. 넷째, 언행이 바르고 깨끗하다. 다섯째, 글 솜씨가 높은 경지에 이르러 있다. 여섯째, 서예와 그림 실력이 절륜하다. 일곱째, 불교와

도교의 심오한 뜻을 깨치고 있다."

또 다른 서풍(書風)은 왕희지의 필법이었다. 왕희지(307 ~ 365)는 다시 설명할 필요가 없는 전설적인 서예가이자 시인으로, 일찍이 석봉이 태어나기 전 태몽으로 꾸었다는 꿈속의 인물이기도 하다. 그러나 석봉은 왕희지의 필법도 아니고 조맹부의 필법도 아닌 자신만의 서체를 만들어가겠노라고 다짐하고 그들 서체의 아름다운 점과 본받을 점을 가려내어 자신의 필법으로 편입시켰다. 다섯 살 때부터 이십여 년을 오로지 한 분야만을 파고들자 석봉이 관직에 오른 때부터는 사람들이 어느 사이에 '석봉체'라는 필법을 조선 서예의 주축으로 인정하기에 이른 것이었다.

석봉이 한창 조선에서 필명을 떨치고 있을 때 중국에서는 목종이 죽고 신종(神宗)이 새 황제로 등극하였다. 중국 측에서는 새로운 황제가 등극하였다는 사실을 주변의 여러 속국에게 널리 알릴 필요가 있었다. 그리하여 이해 여름 조선에도 사절단의 방문 소식이 전해졌다. 즉위한 지 5년이 된 선조 임금은 특별히 아끼던 석봉을 접반사 수행원 명단에 넣도록 하였다. 선조가 사행선사라는 직책을 주어 석봉으로 하여금 접반사의 일을 보게 한 데는 평소 조선을 업신여겨오던 중국 측의 콧대를 납작하게 해주려는 의도가 깔려 있었다.

중국 황제의 사절단이 구성되었다는 소식에 조선 조정에서는 부랴부랴 그들을 맞이할 접반사를 구성하기에 이르렀다. 우리가 흔히 하는 말로 '버선발로 뛰어나온다'라는 말이 있다. 반가운 손님이 집에 찾아 올 때 얼마나 반가웠으면 미처 신발도 찾아 신지 못하고 버선만 신은 채로 방안에서 뛰쳐나왔을까. 접반사(接伴使)란 바로 그런 직책을 맡은 사람들이다. 한양 도성에서 맞이할 수는 없으니 더 멀리 가는 것이고, 국경을 넘어가서 맞이하자면 여러 가지 외교적인 문제가 발생하므로 최대한 국경 가까운 곳까지 가서 사신들을 맞이하는 임무이다.

이십여 명의 사신들이 선발되어 압록강 변의 의주까지 가서 중국 사신들을 맞이하기로 되었는데 그 사절단을 이끌 정사로는 예조판서 정유길 대감이 임명되었다. 정 대감은 석봉을 마치 자기 자식 아끼듯이 보듬어주는 사람이었다. 정사를 위시하여 20여 명의 원접사 일행이 기치와 창검을 높이 든 병사들 30여 명의 호위를 받으며 압록강변의 의주에 당도한 때는 더위가 한창 기승을 부리는 6월 중순이었다.

일행이 황해도 송도에서 하룻밤을 묵을 때 석봉의 감회는 그야말로 감개무량(感慨無量) 하였다. 어려서 할아버지와 함께 지냈던 일, 할아버지가 돌아가시고 어머니와 단둘이 살던 때의 일, 어머니의 곁을 떠나 진성 스님의 암자에서 2년 간 글공부를 하던 때의 외로움……. 여러 가지 추억들이 주마등처럼 스쳐 지나갔다.

사행선사의 일을 하는 중에 석봉이 얻은 가장 큰 수확은 서애 류성룡과 친분을 쌓은 일이었다. 경상도 의성 명문 양반가에서 태어나 성장한 류성룡은 과거도 소과와 대과에서 모두 장원을 한 영재였다. 나이는 불과 한 살 위였지만 경력이나 관직으로는 하늘과 땅 만큼 차이가 났다. 서른두 살이라는 나이에 벌써 이조좌랑이라는 벼슬에 있지 않은가. 게다가 들리는 말로는 임금께서 이조참의 벼슬을 내리셨는데 서애 자신이 겸손하게 사양하였다고 하는 소문도 있었다. 사양의 변으로 너무 일찍 출세하면 주위의 시선을 한 몸에 받을 수가 있어서 오히려 부담스럽다고 하였단다.

부 접반사의 직책을 맡은 류성룡도 석봉과의 동행을

무척이나 기뻐하였다. 그러지 않아도 조선 최고의 명필이라고 소문이 자자한 석봉과 만나 친분을 쌓았으면 하고 있었는데 이번에 우연한 기회로 둘이 동행을 하게 되었으니 이런 행운이 또 있을까 싶었던 것이다. 의주에서 명나라 사신 일행을 맞이하여 한양까지 오려면 대충 잡아도 한 달 가까이 소요된다. 사신들이 당도하기 열흘 쯤 전에는 의주 관아에 도착하여야 하고, 그곳에서 사신들을 맞이할 이런 저런 준비도 하여야 한다. 접반사의 일이란 눈코 뜰 새 없이 바쁜 업무임에는 틀림없었다. 그러나 그런 바쁜 중에도 두 사람은 간간히 만나서 우의를 다져나갔다.

"이번에 사신으로 오는 한세능 정사와 진삼모 부사를 잘 영접하여야만 우리 조선이 평화로울 것이오. 지금까지의 역사를 살펴보건대 이웃 나라와의 관계가 화평하였을 때는 백성들의 삶도 편안하였고, 또 이웃나라와의 관계가 불편하였을 때는 백성들의 삶도 고단하였답니다."

하루의 바쁜 일과를 마치고 저녁을 끝낸 후였다. 의주 객사에서 마주한 류성룡이 석봉에게 잠시 한담을 하자며 자신의 방으로 부른 것이었다.

"그래 사행선사(使行善寫)께서는 어떻게 그다지도 절묘한 필법을 터득하실 수 있었소? 나 역시도 글을 좀 쓴다고는 하지만 석봉의 필체를 보면 그만 쥐구멍이라도 찾고 싶은 심정이외다."

류성룡은 오랜 관직생활로 벌써 점잖은 언행이나 품위가 몸에 배어 있었다. 류성룡은 아버지도 관찰사를 한 명문가문인 풍산 류씨 출신이다. 일찍이 21세 때인 1562년에 형과 함께 도산으로 퇴계 이황 선생을 찾아갔을 때 선생께서는 그의 사람됨을 알아보시고, '하늘이 내린 인재이니 반드시 큰 인물이 될 것'이란 예언을 하였다고도 한다.

"부끄럽습니다. 나름대로 열심히 연마한다고는 하였습니다마는 아직도 갈 길이 멉니다. 많이 가르쳐 주십시오."

석봉은 송구스러워 하면서 말을 받았다. 석봉은 겨우 초시인 진사시에만 합격을 하였을 뿐으로 어쩌다 보니 운이 좋아 벼슬길에도 나오게 된 것인데, 류성룡은 약관의 나이 때 이미 대과까지도 장원으로 합격한 후 지금까지 승정원, 홍문관, 사간원, 이조, 병조, 형조의 일도 모두 거쳤다고 하지 않는가. 둘은 출신 성분과

지역은 달랐지만 나이와 생각이 비슷하여 곧바로 의기 투합하여 호형호제하기로 결의하였다.

　"사행선사의 일이라는 것이 결국은 저들에게 조선의 글 솜씨를 보이는 것이 아니겠소? 내 이번에 석봉 아우님의 실력을 지켜보리다."

　과연 석봉의 글 솜씨를 보여줄 순간이 다가왔다. 중국 사신이 당도한 것은 그로부터 닷 새가 지난 어느 날이었다. 그날 아침부터 압록강 강변에 유약을 바른 천막을 치고 기다리던 중, 중국 사신 일행을 태운 배가 푸르른 압록강의 물살을 헤치며 나타나기 시작하였다. 일행을 태운 배는 무려 여덟 척이나 되었다. 그들 역시도 사신과 수행원 일행은 그저 50명 정도 밖에는 되지 않으나, 의례 이런 행사에는 한밑천 잡아보려는 장사치들이 따라붙게 마련이었다. 이른바 국경무역을 하려는 상인들이 각자 자기네들의 배에 한가득 짐을 싣고 건너온다. 그러면 이쪽에서도 수백 명의 조선 상인들이 함께 어우러져 의주 지방 일대에는 한 달 동안 커다란 장이 서는 것이었다.

말을 탄 중국 사신들은 모두가 몸이 뚱뚱하였고 비단으로 치렁치렁 치장하였다. 그 옆의 호위 군사들도 요란한 갑옷 차림으로, 우선 복색 자체만을 가지고도 조선 군사들의 초라한 행렬을 압도하고도 남았다. 그 뒤로는 비단, 피륙, 차, 옥, 장신구 등, 조선에서 돈이 될 만한 물건들을 잔뜩 실은 우마차의 행렬이 끝도 없이 따라붙었다.

의주 관아에 숙소를 정한 명나라의 사신들은 술과 풍악을 곁들인 저녁을 마친 후 통사들을 대동하여 조선 접반사 일행과 마주 앉았다. 이제 본격적인 지식의 대결이 시작되는 순간이었다.

중국 사신 수행원 중에 정사의 보좌관으로 등계달이라는 사람이 있었다. 그는 조선과 가까운 북해(北海) 출신으로 시문과 글씨에 능통한 사람이었다. 중국에서는 등계달 정도는 되어야만 조선에 가서 조선 문인들의 콧대를 꺾을 수 있다는 판단 하에 그를 이번 황제 특사의 수행원에 포함시킨 것이다.

황제의 칙서를 전달하고 아울러 황제가 하사한 물품들을 전해주는 일은 한양 인근의 벽제관에서 조선 임금이 참석한 가운데 해야 할 일이었다. 우선 여기에서는 조선 관리들과 일면 친해지면서 또 일면으로는 중국의 위상을 높이면 되는 것이다. 그 선봉이 바로 등계달이었다. 그는 술이 거나하게 돌자 좌중을 돌아보며 이렇게 말하는 것이었다.

"자, 오늘 밤은 우리 대이두와도 놀고 소이두와도 놀아 봅시다."

대이두(大李杜)는 이태백과 두보를, 소이두(小李杜)는 이상은과 두목을 말함이다. 모두가 당나라의 시인들로 중국에서는 시성(詩聖)으로 추앙받는 인물들이다. 등계달이 이렇게 소이두까지도 화두로 던진 이유는, 대이두라는 이태백과 두보는 원체 유명하니까 조선의 선비들도 잘 알겠지만, 설마 소이두인 이상은과 두목까지야 제대로 알겠느냐는 자신감 때문이었다.

그는 곧 술좌석의 맨 위쪽에 커다랗게 마련된 책상으로 뚜벅뚜벅 걸어갔다. 네 개의 촛대 위에서 어린아이 팔뚝만큼이나 굵은 초가 마치 대낮처럼 환하게 주위를 비추고 있는 가운데 그가 의자에 앉더니 소매를 걷어 올렸다. 먹을 듬뿍 찍어 칠언절구(七言絶句) 두 구절을 일필휘지로 써내려간 후 곧 벽에 붙이고는 자기의 자리에 와서 앉았다.

清明時節雨紛紛(청명시절우분분)
路上行人欲斷魂(노상행인욕단혼)

곧이어 중국 측 역관의 통역이 시작되었다.

청명 절기에 비가 부슬부슬 내리니
길가는 나그네의 마음은 심란하기만 하네.

조선 접반사 일행 측에서는 잠시 정적이 감돌았다.

과연 중국에서도 필력으로 열 손가락 안에 든다는 저 등계달을 누가 상대할 수 있을까? 하는 행실로 보아서는 우리에게 망신주려는 의도가 있음이 너무도 뻔히 보인다. 그 때 류성룡의 시선이 석봉에게 닿았다. 석봉은 알았다는 듯이 자리를 박차고 일어나더니 방 한 가운데 마련된 지필묵 앞으로 가서 앉았다. 그는 조금의 망설임도 없이 붓을 들어 칠언절구 두 구절을 쓰고 그것을 나란히 옆에 붙여 놓고 역관에게 통역을 맡긴 후 자기 자리로 돌아왔다. 한 자 한 자 또박또박 쓴 해서

(楷書)체이다.

借問酒家何處有(차문주가하처유)
牧童遙指杏花村(목동요지행화촌)

조선 역관이 통역을 했다.

근처에 묵어갈 곳 어디에 있는지 물으니
목동이 손을 들어 살구꽃 피어있는 마을을 가리키네.

두목의 시에서 그 다음 구절을 쓴 것이다. 이렇게 두목의 청명(淸明)이란 시로 일 회전이 끝났다. 그런데 벌써 사람들의 시선은 나란히 있는 두 개의 글씨 중에서 석봉의 글씨로 쏠리고 있었다. 등계달의 글씨가 마치 습작 수준이라면, 석봉의 글씨는 거의 활자로 박은 듯이 조금의 흐트러짐도 없었다. 중국 측 좌중에서 약간의 소요가 있었다. 그러나 등계달이 또다시 의자에 앉아 글을 쓰기 시작한다. 이번에는 흘려 쓰는 초서(草書)의 대결이다.

春蠶到死絲方盡
蠟炬成灰淚始乾

　우리들의 애정은 마치 봄누에와 같아 죽어서야 애정의 실 뽑아내기를 그치고, 마치 촛불과 같아 재가 될 때까지 눈물이 되어 흐른다.

　이번에는 석봉이 정감이 뚝뚝 묻어나는 필체로 칠언절구 2수를 쓴다.

相見時難別亦難
東風無力百花殘

　만날 때도 어렵고 헤어질 때도 어렵도다.
　동풍도 힘이 없으니 꽃들이 시드는구나.

　흘려 쓰는 글자의 모양이나 아름다움에서도 비교가 되지 않았지만 더욱 놀라운 것은 석봉이 반격하는 모양새였다. 등계달이 두 번째로 쓴 시는 이상은의 무제(無題)라는 시였는데, 거기에 대응하여 석봉이 쓴 시도 이상은이 지은 또 다른 내용의 무제(無題)라는 시였던 것이다. 이태백과 두보는 원체 유명하니까 그렇다고 쳐도, 그보다 덜 유명한 이상은의 시까지도 줄줄이 꿰고 있는 석봉 앞에 중국 사신들은 두 손과 두 발을 다 들어 버렸다. 마침내 중국 사신들은 자꾸 시간을 끌어 보았자 망신만 더 당할 것 같다는 판단이 선 모양이었다. 한세능 정사가 손뼉을 치며 좌중을 돌아보았다. 자신에게 시선이 집중되자 그는 너털웃음을 터트리며 접반사 정유길 대감에게 물었다.

"접반사 대인, 내가 저 명필의 함자를 알고 싶소이다."

"네, 그는 사행선사의 역할을 하고 있는 석봉 한호라는 선비입니다."

예조판서 정유길 대감이 한석봉을 소개하였다. 그러자 한세능은 석봉의 잔에 술을 따를 것을 명했다. 관기가 소리도 없이 석봉의 곁에 다가가 앉더니 술을 한 잔 가득 부었다.

"내 오늘 조선에 이다지도 필력이 뛰어나고 시문에 박학한 분이 계시다는 것을 알고 놀라움을 금치 못하였소이다. 앞으로 우리 중국이 조선에서 오히려 배워야 할 것 같소이다, 그려. 자, 모두들 한 잔 하십시다."

등계달은 쥐구멍이라도 찾고 싶은 심정이었다. 자신

의 필력을 자랑하겠다고 주관한 시회가 이처럼 망신을 당하는 자리가 되었으니 체면이 말이 아닌 것이다. 그러나 이런 등계달의 심정과는 관계없이 중국 측 사신들은 어떻게 하면 석봉에게 잘 보여서 그의 글을 받아서 중국으로 돌아갈까 하는 생각뿐이었다.

석봉의 글씨를 두고 정작 큰 파문이 인 곳은 조선의 변방 의주가 아닌 중국의 수도 연경에서였다. 사절단 일행이 돌아가자 석봉의 소문이 연경에 쫙 퍼졌다. 당시 연경은 수백만 명의 인구가 거주하는 세계에서 제일 큰 도시였는데, 연경 제1의 부자로 장세기라는 사람이 있었다. 그는 그림과 글씨에 미쳐서 자기 마음에 드는 것이 있으면 값을 달라는 대로 다 주고 사 모으는 서화 애호가였다. 중국은 물론 조선, 왜국, 안남, 심지어는 아라비아의 작품까지도 수집하였다. 그런 그가 석봉 한호의 글씨를 보고는 며칠을 그 앞에서 떠나지 않았다고 한다. 당시 그가 어느 한 작품에 평을 내리면 그 작품은 순식간에 값이 오르기도 하고 떨어지기도 했다.

장세기는 석봉의 글씨를 아주 최고급의 족자로 만들

어 자신이 가장 아끼는 작품들만 모아 놓은 방에 걸어 두고 아침저녁으로 그것을 감상하였다. 그는 집을 찾아오는 사람들에게 입에 침이 마르도록 칭찬을 아끼지 않았다.

"자, 이것을 보십시오. 마치 용이 구름을 타고 하늘로 올라가는 것과도 같은 기운이 느껴지지 않습니까? 또 이 글씨를 보면 소나무에 앉아있는 한 마리의 학을 보는 듯 착각을 일으키기도 합니다. 어쩌면 단지 종이에 먹물의 흔적뿐인 글씨가 이렇게 천변만화(千變萬化)의 조화를 부릴 수 있단 말입니까? 나는 이번에 조선의 한석봉이라는 선비의 작품에 홀딱 반했답니다. 앞으로 석봉의 작품은 제가 억만 금을 주고라도 다 사서 모을 작정입니다."

중국 황제의 사절단이 조선에 와서 두어 달 간 머물며 한 일이라고는 고작해야 새 황제가 등극하였다는 사실과 등극 일로부터 만력(萬曆)이라는 연호를 사용하기 시작하였다는 사실, 거기에 더해 황제의 하사품 몇 십 점을 조선 임금에게 전해준 정도였다. 그러나 그들의 방문은 역설적으로 중국에 석봉 한호의 필명이 본격적으로 알려지게 되는 계기가 된 것이다.

景行維賢

16. 종계변무를 해결하다

석봉이 벼슬살이를 한 지도 어언 10여 년의 세월이 흘렀다. 이때 석봉은 경복궁 내에 있는 주자소에서 서사(書寫)라는 직책을 맡아서 바쁘게 일하고 있었다. 주자소(鑄字所)란 요즘 말로 하면 활자를 만들어서 인쇄까지를 담당하는 곳이니 곧 국립 인쇄소라고 할 수 있겠다.

가을해도 뉘엿뉘엿 넘어가는 9월의 어느 저녁 무렵, 편전에서 부르신다는 전갈이 왔다. 선조 임금이 석봉을 부르는 일은 가끔씩 있던 일이라 새삼 긴장하지는 않았으나, 오늘도 저녁나절에 부르신 것을 보면 아마도 밤이 야심할 때까지 이런저런 이야기를 하실 모양이라는 생각을 하며 석봉은 서둘러 의관을 단정히 하고 경복궁으로 향했다. 선조 임금은 석봉을 유달리 총애하셨다. 가장 큰 이유는 임금 자신도 학문을 매우 좋아하는 선비인지라 석봉의 빼어난 글씨체를 보며 그 글씨체를 모방하려고 하는 것이었지만, 그것과는 별개로 손수 지은 시(詩)나 부(賦)를 석봉에게 들려주고 평가를 받으려는 때문이었다. 아마도 임금은 자신보다 아홉 살이 많은 석봉을 군신간의 관계가 아닌 사형 사제의 관계 정도로 생각하고 있는지도 모를 일이었다.

서둘러 경복궁에 다다르니 내시 영감이 임금께서는 편전에 홀로 계시다고 일러주었다. 임금은 편전 바닥에 작은 서안을 하나 놓고 석봉을 기다리고 계셨다. 벌써 밖은 어둑어둑 하건만 서안의 둘레에는 와룡촛대 4개에 불을 붙여 놓아서 마치 대낮처럼 밝기만 했다. 석봉은 엎드려 절하고 나서 옷가지를 단정히 하고 임금의 앞에 마주 앉았다.

"석봉은 종계변무(宗系辨誣)에 대하여 어찌 생각하는가?"

익선관은 거추장스러운지 벗어서 옆에 놓고 마치 공부하는 선비와도 같은 자세로 앉아서 석봉을 맞이한 임금께서 처음으로 묻는 말씀이었다. 그 넓은 편전에는 저 멀리에 궁녀 두 명이 있고 조금 가까운 지근거리에 내시 정을숙 영감이 허리를 숙인 채 있을 뿐이었다. 그들은 항상 궁궐 속에서 지존을 모시는 게 몸에 배인 습관이라서 옆에 몇 명씩이 서 있어도 숨소리하나 들리지 않고 조용했다.

"태조 대왕의 세계(世系 - 족보)에 관한 잘못된 기록이오니 하루 빨리 바로 잡아야 할 줄로 사료되옵니다."

석봉의 대답에 임금은 고개를 끄덕이더니 자신이 왕실의 후손으로서 지금껏 그 잘못된 것을 바로잡지 못한데 대한 심경을 토로하시었다.

종계변무란 역사를 거슬러 올라가보면 바로 이런 사연이다. 즉, 고려 말기에 후일의 태조 대왕인 이성계의 정적이던 윤이와 이인임 일당이 명나라로 도망가서 이성계를 타도하려는 목적으로 거짓말을 한 것이 그대로 명나라의 〈태조실록〉과 〈대명회전(大明會典)〉이라는 책에 기록된 것이다.

그 거짓말 중의 첫째는 이성계가 고려 말 권신이었던 이인임의 후손이라고 기록된 것이다. 일단 사실관계가 잘못되었을 뿐만 아니라, 이인임은 고려 우왕 때의 대신으로서 이성계와는 적대관계에 있었던 사람이었기 때문에 조선 왕실로서는 더욱 간과할 수 없는 일이었다. 둘째는 이인임과 그의 아들 단(旦)이 네 명의 왕 즉, 공민왕, 우왕, 창왕, 공양왕을 시해했다고 기록되어 있는 점이었다.

여기서 그들이 말하는 '단'이라는 인물은 이성계를 지칭하고 있는 것이므로 조선 왕실로서는 그야말로 약점을 잡히는 꼴이었다. 그 주장에 따르면 조선을 건국한 이성계라는 인물이 명나라에서 인정한 고려 말 네 명의 왕을 시해하였다는 주장이 아닌가. 조선으로서는 이를 방치할 수 없었다. 창업자인 태조와 관련된 사항은 곧 왕조의 정통성과 관련된 중요한 문제였기 때문이었다.

조선은 태조 이래로 거의 200년 동안 여러 차례에 걸쳐 사신들을 보내 이와 같은 잘못된 기록을 고쳐줄 것을 간청하였다. 바로 이 사건이 종계변무인데, 종계(宗系)는 이성계의 혈연적 계통을 말하는 것이고, 변무(辨誣)는 무고함을 변명한다는 뜻이다. 즉, 이성계의 혈통을 바로잡고, 네 명의 왕을 죽였다는 기록도 무고(誣告)인 만큼 사실이 아님을 변호하여 수정하겠다

는 의미이다. 그러나 명나라는 이와 같은 조선의 요청
에 대해 상당기간 소극적인 태도를 취했다. 그들로서
도 명나라 태조인 주원장과 관련된 부분이었기 때문에
매우 조심스러울 수밖에 없었다.

선조 임금은 차분히 입을 열었다.

"우리 태조대왕께오서 고려조의 마지막 네 분의 왕
을 시해하였다는 대목은 전혀 사실이 아니니라. 참으
로 답답한 노릇은 이것이 그대로 중국 왕실의 역사책
에 기록되었으니, 낭패도 이런 낭패가 있을 수 없느니
라. 그 역적 도당들의 말대로 한다면 명나라 측으로서
는 반정세력의 우두머리를 한 나라의 왕으로 인정한
꼴이 아닌가 말이다. 석봉도 잘 알고 있으려니와 그동
안 선대왕들도 여러 차례 사신들을 보냈으나 아직도
결말을 보지 못하였다. 그래서 이번에 내가 적당한 날
을 잡아 주청사를 보내려고 하는데 석봉이 어디 한 번
애를 써 보겠는가?"

이 일은 석봉도 근간에 궐내의 풍문을 들어서 어렴
풋이 알고 있는 일이었다. 주청사의 우두머리로 김계
휘 대감의 이름이 오르내리고 있다는 소문까지도 알고
있는 터였다. 석봉은 머리를 조아리면서 임금께 아뢰

었다.

"지엄하신 분부가 내린다면 제가 어찌 마다하겠나이까? 분골쇄신하더라도 기어이 문제 해결에 일조를 할 것입니다."

남편의 명나라 행이 결정되자 부인 역시도 걱정이 이만저만이 아니었다. 들어 보니 여섯 달은 족히 걸린다지 않는가. 음식과 풍토 모두 다른 곳 중국 연경까지 다녀오는 일을 남편이 온전히 다 감당하실 수 있을지 걱정이었다. 더군다나 추운 겨울을 삼천 리 길을 산을 넘고 물을 건너 다녀와야 하는 여정이 아닌가. 혹여 풍토병은 걸리지 않으실까, 임금님의 명을 받고 가는 것이니 성과가 좋아야 할 터인데 과연 그 일은 잘 해결될까, 다녀오시는 동안 민정이에게는 별 탈이 없을 것인가…….

이런 저런 걱정에 잠 못 이루는 날이 많아지자, 최씨 부인은 그 옛날 시어머니를 떠올렸다. 생전에 시어머니는 하루도 빼놓지 않고 아들을 위해 기도하셨다. 남편이 오늘 이 자리에 오른 것도, 그리고 이만한 가정을 꾸린 것도 오로지 시어머니의 정성 덕분이었으리

라. 그런 생각이 들자 최 씨 부인은 그 옛날 시어머니
가 하셨던 것처럼 새벽마다 정한수를 떠놓고 천지신령
께 기도를 하기 시작하였다. 제발 우리 남편 무사히 다
녀오시고 맡은 바 소임도 다하고 돌아오게 해 주십사
하는 기도였다.

석봉은 김계휘 대감의 종계변무 사절단에 참여하여 북경을 다녀오게 된다. 최근 20년 사이에만도 세 차례나 사절단을 보내서 하소연하였건만 명나라는 여전히 미적댈 뿐, 실록을 고칠 기미는 보이지 않고 있는 형편이었던 것이다. 이번에 일행 20여 명을 이끌고 있는 김계휘 대감은 어려서부터 천재소리를 들으며 과거에도 장원으로 급제한 인물이었다. 50대 중반에 든 원로대신으로, 젊었을 때는 조정의 핵심 요직인 이조정랑을 역임하였으며, 그 후 평안도관찰사와 대사헌의 직책까지도 두루 섭렵한, 그야말로 자타가 공인하는 조선 최고의 관리였다.

석봉은 1581년 신미년 동지 달에 일행과 함께 떠나서 연경에서 석 달을 지내면서 많은 사람들을 만났다. 석봉 일행이 중국에 도착하자 석봉의 필명을 익히 듣고 있던 명나라의 식자층에서는 날이면 날마다 역관 앞에 몰려와서 석봉으로부터 휘호를 받아내려고 그야말로 장사진을 이루었다. 석봉의 이름이 이렇게나 빨리 중국 사람들에게 알려지게 된 데에는 여러 차례 중국을 함께 다녀 온 최립이라는 송도 출신의 선배가 있었기에 가능한 일이었다. 당대 조선 최고의 문장가라고 알려진 최립은 이번 종계변무 사행에서는 질정관(質正官)이라는 직책을 맡고 있었다. 질정관이란 외교 회담에서 문제가 된 사항을 핵심으로 정리하여 상대방에게 문서로 제출하는 임무를 맡은 관리를 말한다.

하루는 높은 관리로 보이는 사람이 하인들을 거느리고 석봉이 묵고 있는 숙소를 찾아 왔다. 서로 인사를 하고 보니 예부상서를 모시고 있는 관리라고 하질 않는가. 예부상서라면 중국 예부의 우두머리요, 그의 비서라면 실세 중에서도 실세가 아닌가. 이름을 주청이라고 하는 그 관리는 평소부터 조선국의 한석봉이라는 사람을 흠모하여 언젠가 기회가 되면 만나 볼 수 있으려나 고대하고 있었는데, 이번에 종계변무 주청사 일행 중에 석봉이 있다는 소식을 접하고는 만사를 제껴 놓고 찾아온 것이었다. 둘은 밤이 깊도록 필담을 나누어 가면서 서로의 학문에 대하여, 유명 문인들의 시와 부에 대하여 이야기꽃을 피웠다. 돌아가는 길에 그는 석봉이 손수 써 준 휘호는 물론이려니와 자신과 석봉이 나눈 필담 뭉치까지도 모두 소중히 챙겨서 숙소를 떠났다.

석봉의 인기가 영향을 미친 것일까? 일행이 돌아 올

무렵에는 황실의 한 관리로부터 '곧 좋은 소식이 있을 것'이란 언질이 있었다. 이 일은 그로부터 3년 후에 명나라가 새롭게 만든 황실의 족보 책 〈대명회전〉 한 질을 보내 줌으로 해서 완전히 결말을 보았다. 조상 대대로 내려오던 숙원을 해결한 선조 임금의 기쁨은 이루 말 할 수 없이 컸다. 선조 임금은 날을 잡아 이 사실을 종묘와 사직에 친히 고하였으며, 대사령(大赦令)을 내려 죄수들을 방면하고 석봉을 비롯한 관리들의 벼슬을 올려주었다.

이번 사행 길은 석봉에게도 여러 가지 기쁨을 안겨 주었다. 우선 선조 임금님의 신임이 두터워졌다. 또한 아내에게는 든든한 남편으로의 위상을 톡톡히 과시한 것이었다. 장장 6개월이나 걸리는 여행길을 무사히 다녀온 것만 해도 큰 기쁨인데, 임금님으로부터 칭찬과 함께 벼슬까지도 올라갔으니 아내 최 씨의 기쁨 또한 이루 말 할 수 없을 정도였다.

엊그제 혼인을 했나 싶었는데 벌써 아들이 아홉 살을 넘겼다. 결혼한 지 10년이 눈 깜짝할 사이에 흘러간 것이었다. 아들은 석봉을 닮아 글과 서예에 상당한 솜씨를 보였다. 주변에서는 석봉의 뒤를 이을 명필가가 태어났다고 벌써부터 칭찬이 자자하였다. 석봉은 아들에게 최고의 명품 붓을 사다 주었다. 그 옛날 어렸을 적에 붓이 없어 나뭇가지로 흙바닥에 글씨 연습을 하던 어린 시절이 생각나서 아들에게만은 그런 설움을 당하지 않게 하겠다는 생각에서 좋은 붓 여러 자루를 선물하였다. 아내에게는 연경에서 제일 좋다는 석경(石鏡)과 빗을 선물하였다. 비록 박봉이었지만 떠나기 전부터 마음속에 간직하고 갔던 선물 꾸러미였다.

17. 천자문에 얽힌 이야기

　선조 대왕은 한석봉을 자주 편전으로 부르셨다. 대개는 초저녁 무렵이었으나 어떤 때는 밤이 꽤 늦은 때에도 불러서 석봉과 이런저런 이야기로 밤을 새우곤 하였다. 그날도 석봉은 둥그런 보름달이 궐의 지붕 위로 막 떠오르기 시작할 즈음에 임금과 마주 앉았다. 일개 하급 관리가 임금과 독대한다는 것이 거의 불가능한 일이었지만 선조 임금은 석봉에게만은 수시로 파격(破格)을 하며 허물없이 이야기 나누기를 즐겨 하시었다.

　"그래, 백성들이 천자문을 좀 더 쉽게 깨우칠 수 있는 방법을 연구해 보았더냐?"

　한 보름 쯤 전이었던가? 임금은 그때도 석봉을 불러서 천자문의 유래며 그 이치 등에 관하여 자세히 물어 보시었다. 그때 석봉은 자신이 아는 한 중국에서 전래

된 천자문에 대하여 최대한 자세히 설명을 드렸다. 중국 위나라 시절 종요라는 사람이 천자문을 지었다는 이야기와 양나라 시절 주흥사라는 사람이 지었다는 이야기 중에 어떤 것이 더 사실에 부합하는지를 말씀드렸다. 곁들여서, 두 사람 모두 황제의 특명으로 천자문을 쓰고는 하룻밤 사이에 머리가 하얗게 되어 백수문(白首文)이라는 별칭이 붙었다는 이야기 중에서도 어떤 설화가 더 신빙성이 있는지도 아뢰었다. 또한 백제의 왕인 박사가 일본에 천자문을 한 질 전해 주었다는 기록과, 그 이후 일본에서는 천자문이 어떻게 활용되었는지도 소상하게 말씀드렸다. 그날 이야기의 말미에 임금은 석봉에게 조선 백성들이 왜 천자문을 배우기가 어려운지를 설명해 보라고 하셨다.

"네, 그것은 다름이 아니오라 중국의 천자문에는 뜻풀이가 없어서 그것을 배우자면 반드시 스승이 한 자 한 자 설명을 해 주어야만 된다는 것이옵니다. 가령 천지현황(天地玄黃) 네 글자를 배우자면 반드시 스승이 '天 자는 하늘이고 地 자는 땅이다'라고 일러 주어야만 가능하다는 것이옵니다. 그래서 외람되오나 저에게 충분한 시간을 주신다면 백성들이 누구나 혼자서도 쉽게 깨우칠 수 있는 천자문을 지어 바치겠사옵니다."

그러자 선조 임금은 서안을 손바닥으로 두드리며 좋아하시었다. 용안 가득 미소를 지으며 석봉을 보고 이렇게 명하시는 것이었다.

"그래, 그것이 바로 내가 마음속에 간직하고 있던 아쉬움이었느니라. 일찍이 세종 대왕께서도 백성들이 글을 모르는 것을 불쌍히 여기시어 한글 스물여덟 자를 만들지 아니하셨더냐. 그런데 지금의 천자문은 스승이 없이는 혼자서 배울 수가 없으니 이 얼마나 답답한 노릇인고. 알겠노라, 알겠노라. 내가 조만간 대신들과 의논하여 그대에게 특별히 이 일을 맡길 터이니 그대는 필생의 작품을 만든다는 각오로 천자문을 다시 써 보거라."

석봉이 임금께 하직 인사를 드리고 자리에서 일어나려고 하는데 임금께서 그런 석봉을 다시 앉으라고 하셨다. 초저녁부터 내리기 시작한 비는 이제 꽤 거세졌는지 빗소리가 요란하게 들리며 촛불이 이리저리 바람에 흔들리고 있었다.

"내가 또 하나 이 일을 꼭 해야만 하겠다고 고집하는 이유는 바로 민족정신에 있느니라. 중국 사람이 쓴 천자문이 아무리 훌륭하다고 하더라도 그것을 가지고 배운다면 그 정신 속에 중국의 정신이 들어가는 것이요, 조선 사람인 그대가 쓴 천자문을 가지고 공부한다면 곧 조선 사람의 정신이 들어가게 될 것이니라. 그렇게 본다면 이것은 곧 민족정신을 살리는 일이 되기도 할 것이니라. 그대는 이 점을 각별히 유념하여 온 정성을 다 기울여 천자문을 만들어 보도록 하라."

경인년(1591)에 접어들자 왜와의 관계는 점점 더 복잡해져갔다. 나라 안에는 도요토미 히데요시(豊臣秀吉)라는 자가 일본 전역을 통일한 후 명과 전쟁을 치르기 위하여 조선을 침략할 것이라는 소문이 파다하게 퍼져 있었다. 이렇듯 나라가 뒤숭숭한 가운데에도 선조 임금님께서 석봉과 마주 앉아 있는 시간만큼은 행복했다. 석봉과 학문을 논하면 온갖 정사의 시름을 잊을 수 있으니 왜 아니 그렇겠는가. 지난번에 이어 이번에도 천자문의 진척과정이 제일 궁금하신 모양이었다.

"그래, 얼마나 진행이 되었느냐?"

"네, 아직 조금 밖에 쓰지를 못하였사옵니다."

"어허, 그 옛날 중국의 주흥사라는 사람은 단 하룻

밤에 천자문을 완성하였다고 하던데 그렇다면 우리 석봉이 주흥사에는 미치지 못하는 모양이로구나."

"제가 알기로 그것은 후세 사람들이 지어낸 이야기일 뿐이옵니다. 그 이야기의 내막은 이러하옵니다."

이렇게 시작한 주흥사와 관련된 이야기는 선조 임금의 채근에 적당히 끝나지를 않고 한참을 이어졌다.

"중국 남조(南朝) 시대에 양(梁) 나라에 주흥사(周興嗣)라는 가난한 선비가 살고 있었다 하옵니다. 그는 공부는 많이 했지만 도무지 관직에 등용되지 않았습니다. 그러기를 몇 년, 호구지책(糊口之策)으로 책을 수선해 주기로 했답니다. 당시 책을 복원해 주는 일은, 없어진 쪽의 내용을 복원해 주어야 하기 때문에 여간 박식하지 않고서는 엄두도 못내는 일이었습지요. 그래서 '해진 책을 복원해 줍니다'하고 소리치며 수보잔서(修補殘書)라는 글자를 등 뒤에 크게 써 붙이고 다녔답니다."

"그래서 찾는 사람이 있더냐?"

"네, 하루는 어떤 이가 누더기같이 너덜거리는 책을 가지고 나와 복원시켜달라고 하더랍니다. 그는 즉석에서 복원해 주었습지요. 물론 원서와 똑같이 말씀입니다. 그러자 그 소문은 삽시간에 장안에 퍼져 마침내 천자의 귀에까지 들리게 됐답니다."

"천자가 그를 불렀으렷다?"

"네, 그러하옵니다. 천자는 그를 부르고는 일부러 서가에서 좀먹은 책 한 권을 뽑아 복원시키라고 하더랍니다. 그러자 주흥사는 '이 책은 복원이 불가능합니다'라고 정중하게 거절하였지요."

"허어, 천자의 명을 거역하다니 죽으려고 환장한 모양이로구나."

"아닙니다. 대신 주흥사는 '신은 이 책을 복원하지는 못해도 책의 핵심 내용을 요약해 드릴 수는 있습니다'라고 대답했습지요. 그러자 황제는 주흥사에게 열흘의 말미를 주고 한림원(翰林院)에 기거하면서 책을 복원하도록 명을 내렸답니다."

"복원을 못하면 어찌한다는 조건은 없었더냐?"

"당연히 기한 내에 복원하지 못하면 죽음을 내린다는 엄명이 있었습지요. 그런데 그를 죽일 필요까지도 없는 것이 며칠이 지나지 않아 주흥사는 약속한 4자, 2백50구의 장편 시를 바치면서 천자문(千字文)이라고 이름 붙였다 하옵니다. 일설에 의하면 그가 그 며칠 동안 너무 고심한 나머지 온통 머리가 하얗게 되었다고 해서 천자문을 일명 백수문(白首文)이라고도 했다고 하옵니다."

"내가 알기로는 주흥사가 단 하룻밤 만에 다 만들어 내서 '일일 백수문'이라고도 한다더니 그것이 아닌 모양이로구나."

"네, 전하. 아마도 그것은 후일 사람들이 더 극적으로 이야기를 꾸미기 위하여 과장한 것으로 사료되옵니다. 아무려면 사언절구 250개를 어찌 단 하룻밤에 완성할 수가 있겠사옵니까? 오히려 여러 가지 문헌을 종합해 보면 천자문은 주흥사보다 300년 전에 살았던 위(魏)나라의 종요(鍾繇)라는 사람이 지은 글로 봄이 타당할 것이옵니다."

"위나라 종요라? 그렇다면 해서체로 유명한 삼국시대의 종요를 말하는 것이냐?"

"네, 그러하옵니다. 자를 원상(元常)이라고 하며 조조를 도와 위나라의 기틀을 마련한 인물이옵니다. 후세 사람들이 그의 필체를 '종육체'라고 흠모하며 훗날의 서성 왕희지(王羲之)에 필적하는 인물이라고 평가하는 사람이옵니다."

"그래, 간웅 조조의 이야기라면 과인도 익히 알고 있느니라."

"종요는 산동성 사람으로, 어려서부터 재질이 탁월하고 뛰어나게 총명한데다가 시문에 능통하여 모든 사람들이 과연 신동이라 불렀다고 하옵니다. 공자 맹자는 물론 천문지리와 역법에까지도 능통하여 모두가 재상감으로 손꼽을 정도였다고 하는데 그에게 큰 흠이 하나 있었으니, 그것은 어려서부터 지나치게 여색을 즐기는 것이었다 하옵니다. 인근 고을의 부녀자란 부녀자는 모두 손을 대니 주변에 망나니라는 소문이 자자할 정도였습지요."

여기서 석봉은 임금의 표정을 잠시 살피느라 말을 끊었다. 행여 이런 말을 지엄하신 상감 앞에서 여쭈어도 되는 것인지 몰라서였기 때문이었다. 그러나 선조 임금은 마치 할아버지로부터 이야기를 듣는 어린 손자와도 같은 진지한 표정으로 석봉의 다음 이야기를 기대하는 표정이었다. 임금의 흡족해 하시는 모습을 감지한 석봉은 용기를 내어 나머지 이야기를 해 나갔다.

"종요가 스물이 넘어 매파를 통하여 장가를 들었답니다. 그런데 막상 신부를 마주하고 보니 천하에 못생겼어도 그렇게 못생길 수가 없을 정도로 아예 추녀였다고 하옵니다.

"허허, 종요의 실망이 이만저만이 아니었겠구나. 그래, 계속해 보거라."

"서로 몸을 섞기는커녕 이야기조차 나누지 않고 그렇게 며칠을 지낸 종요는 마침내 집을 나갔더랍니다. 그야말로 동가식서가숙(東家食西家宿)하면서 얼마를 지내다보니 겨울이 다 되었더랍니다. 하루는 날은 저물고 추위는 몰아치는데 멀리서 불빛이 깜빡이더랍니다. 그래서 찾아가 보았더니 그 불빛은 고래 등 같은 큰 저택에서 흘러나오고 있더랍니다. 하인을 불렀더니 하인은 없고 하얀 소복을 입은 여인네가 등불을 들고 나오겠지요. 그녀가 지어주는 저녁밥을 먹고 또 그녀가 하도 동침을 요구하기에 불감청고소원(不敢請固所願)이라는 말처럼 바라고 있던 일이 저절로 벌어진 격이니 마다할 리가 없었지요. 그래서 하룻밤을 같이 새웠더랍니다. 그런데 아침에 깨어나 보니 대궐같이 큰 집은 온 데 간 데 없고 자기 집 안방에 떡하니 앉아 있는 자기 자신을 발견한 것이옵니다. 그래서 이게 어찌 된 일인가 의아해 하고 있는데, 바로 전날 밤에 만났던

그 천하절색의 미녀가 앞에 와 앉더니 그간의 사정을
설명하는 것이었습니다."

"그렇다면 그 미녀가 원래 못생겼다던 종요의 처였
더냐?"

"네, 그러하옵니다. 그녀는 말하기를, '장차 나라를
위하여 일을 하실 대장부께서 일개 아녀자의 미추(美
醜)에 신경을 쓰시다니 될 일이옵니까? 소녀는 일찍이

낭군께 그것을 깨우쳐 드리려고 일부러 추한 여자의 모습으로 시집을 온 것이옵니다. 이제 저의 본 모습을 보셨으니 앞으로는 딴 생각 마시고 더욱더 학문에 열정을 쏟으시어 큰일을 이루시옵소서.' 이렇게 타이르는 것이 아니겠습니까?"

"어허, 그렇다면 그 여인이 둔갑술을 부린 것이 아니더냐?"

"네, 그러하옵니다. 잠시 둔갑술을 쓴 것이었지요. 종요는 곧 자신의 과오를 뉘우치고는 아내 앞에 무릎을 꿇고 '내가 부덕한 탓으로 많은 죄를 졌을 뿐더러 그대에게까지 욕을 보였구려. 지금까지의 일은 모두 아름다운 꽃을 따르려는 나비의 심정 정도로 이해하여 주시구려. 이제 앞으로는 더욱 정진하리다.' 이렇게 사죄를 하였다 하옵니다."

"그래, 그 후로는 어찌 되었느냐?"

임금은 더욱 석봉의 앞으로 다가 앉으며 다음 이야기를 듣고 싶어했다.

"원래 위(魏) 나라는 조조의 아들 조비가 한나라의 헌제를 겁박하여 강제로 나라를 뺏고 자신은 황제가 되어 문제(文帝)라는 황제의 칭호를 쓴, 그런 나라이

옵니다. 조비의 성격도 부친 조조를 닮아 사람됨이 교
활하고 교만한 데다가 신하들을 의심하기 끝이 없었다
하옵니다. 종요는 당대의 으뜸가는 문장가로서 벼슬이
대종백(大宗伯)에까지 이르렀는데 그렇게 되기까지에
는 사 씨 부인의 내조의 공이 무엇보다도 컸음은 물론

이옵니다."

"아까 못생겼다고 하던 부인이 사 씨더냐?"

"네, 그러하옵니다. 그런데 종요의 강직한 성품이 문제였습니다. 종요는 강직한 성품 때문에 흰 것은 희다하고 검은 것은 검다 하는 인물이었습지요. 그래서 황제는 기회만 있으면 종요를 죽여 없애버리려고까지 생각하고 있었다 하옵니다. 그러던 어느 날 종요는 '죽으면 죽으리라'는 비장한 각오로 문제 앞에 나아가 선대 황제로부터 강제로 황제의 위를 빼앗은 것은 잘못되었다는 말을 하고야 말았습니다."

"어허, 점입가경(漸入佳境)이로구나. 너의 이야기에 빠져들면 내가 마치 한 마리의 학이 되어 하늘을 훨훨 날아다니는 기분이로구나. 이 세상 근심 걱정이 다 없어짐이야."

선조 임금은 매우 흡족하여 연신 껄껄껄 웃으시면서 석봉의 다음 이야기를 기다렸다.

"황제는 불길처럼 솟아오르는 분노를 더 이상 참을 수가 없었습지요. 그리하여 종요를 당장 옥에 가두라고 하였는데, 종요가 옥에 갇힌 것을 나라 안의 모든 관리들과 백성들이 걱정하고 염려해도 사 씨 부인만큼은 전혀 동요하지 않았다 하옵니다. 곧 참수되리라는 소식을 들은 후에도 사 씨 부인은 오히려 깨끗한 물에 몸을 씻고 새 옷으로 갈아입은 다음 뜰 안에 칠성단을 모셔 놓고 오랫동안 지성으로 빌었다고 하옵니다. 그러자 대종백 종요가 하옥되어 있는 옥사(獄舍)에 눈부신 빛이 비치어 옥리들이 크게 놀라 모두 그 자리에 엎드리기까지 했다 하옵니다. 이 소식을 들은 문제 역시도 놀라기는 마찬가지였는데, 그렇다고 일단 하옥시킨 종요를 그냥 돌려보내자니 황제의 체신이 말이 아니라 한 가지 꾀를 냈다 하옵니다.”

“그것이 사언절구 이백오십 수를 하룻밤 만에 지어 올리라는 명령이었구나.”

임금의 대답에 석봉은 더욱 자세를 바로 하고 다음 이야기를 해 나갔다.

“네, 그러하옵니다. 그것도 이백오십 구의 사언절구 중에서 단 하나라도 중복되는 글자가 있어서는 안 된다는 지엄한 명령이다 보니 천하의 재사라는 종요의 입장에서도 결코 쉬운 일은 아니었습지요.”

“그래서 어찌 되었느냐?”

“자신이 이 세상에서 짓는 마지막 시라고 생각하고

종요는 죽을 힘을 다하여 사언절구를 써 나가기 시작했다 하옵니다. 천지현황(天地玄黃)…… 초저녁부터 시작한 글짓기는 새벽녘 날이 부옇게 밝아올 때에 마지막 글자인 언재호야(焉哉乎也)를 쓰고 끝맺었다 하옵니다. 단 하룻밤 사이에 250수를 짓느라 얼마나 고심을 하였던지 아침이 되고 보니 온 머리가 새하얗게 되었다 하옵니다."

"그렇다면 종요를 죽일 명분이 없어지지 아니하였더냐?"

"네, 그러하옵니다. 문제가 다음 날 신하들을 시켜서 250수의 사언절구를 모두 살펴보게 하였으나 같은 글자는 단 하나도 없다는 것이 판명되었으니 황제로서도 어찌해 볼 도리가 없었겠지요. 그래서 하는 수 없이 다시 조정에 나와 재상을 맡아 줄 것을 명령하였으나, 종요는 사 씨 부인의 말을 따라 낙향하여 지내다가 80세를 일기로 세상을 떴다 하옵니다."

"어허, 그렇다면 주흥사의 이야기는 조작된 것이더냐?"

"아니옵니다. 종요의 사건이 있은 지 300여 년 후에 양(梁)나라 무제(武帝) 때의 주흥사 이야기는 나중에 또 다시 전하를 알현할 기회가 있으면 말씀드릴 것이 옵니다."

선조 임금은 석봉의 이야기가 끝나는 것이 아쉬운지 연신 고개를 끄덕이셨다.

"그렇게 하도록 하여라. 그래 다음에는 언제 궐에서 번을 설 차례더냐? 번은 그냥 다른 숙직자에게 맡기고 너는 곧장 이리로 달려오너라. 내가 그날을 손꼽아 기다릴 것이니라. 너의 이야기에 빠져들다 보면 내가 마치 호수 위를 둥둥 떠다니는 오리가 된 것처럼 마음이 편안해지는구나. 저 무엇이더냐? 경복궁 뒤편에 있던 호수 말이다."

"부용지 말씀이시옵니까?"

"그래, 예전에는 내가 자주 찾았던 곳이니라. 거기 호수 위에 항상 서너 마리의 오리가 있었지. 허허허!"

석봉은 임금과 하직하고 궐을 나왔다. 정월대보름이 두 달 지났던지 마침 휘황찬란한 보름달이 궐내를 대낮처럼 환하게 비추고 있었다.

18. 임진왜란 중 완성한 석봉천자문

일본이 조선을 침략하려 한다는 항간의 소문은 거짓이 아니었다. 궐에서 퇴청을 하는 중에 류성룡 대감을 뵙게 되었다. 석봉이 허리 숙여 인사를 했으나 류성룡 대감은 인사를 받는 둥 마는 둥 하면서 누군가를 기다리는 눈치였다. 곧이어 풍채가 우람한 김성일 대감이 나타났다. 두 사람 모두 석봉에게는 친근한 인물들이었다. 몇 년 전 명나라에 종계변무 해결 차 함께 다녀왔던 인연이 있었던 것이었다. 석봉보다 다섯 살이 위인 학봉 김성일 대감은 당시 서장관이라는 임무를 맡고 있었다.

"학봉 대감님, 그간 별고 없으셨습니까?"

석봉이 허리 숙여 인사를 하였으나 김성일 대감 역시도 건성으로 인사를 받았다. 석봉은 잠시 고개를 갸웃거렸다. 두 분 대감이 약속이나 한 듯이 석봉을 아는

체도 하지 않다니. 게다가 두 사람의 분위기가 어찌나 험악하던지 걱정스러운 생각이 들어서 석봉은 잠시 그 자리를 서성거렸다.

"아니, 학봉. 도대체 무슨 생각으로 주상전하께 그런 말씀을 드리셨소? 그러다가 정말로 전쟁이라도 나면 어쩌려고 그러시오?"

평소 온화한 표정과 말씨로 아랫사람들로부터 흠모를 받아오던 류성룡 대감이 그날은 아주 격앙된 모습이었다. 언사에도 상당히 언짢은 감정이 섞여 있었다.

"저 역시도 일본이 절대 쳐들어오지 않는다고는 생각지 않습니다. 그렇지만 황윤길 대감의 말이 너무나도 강경해 잘못하면 민심이 동요할 것 같아 일부러 그렇게 말한 것입니다."

"허허! 참 큰일이오, 큰일. 주상 전하의 앞에서 그렇게 잘못된 말씀을 올렸으니 이제 앞으로 그 뒷감당을 어찌 하시려오."

석봉은 두 사람의 대화를 더 엿듣는다는 것도 민망하여 서둘러 집으로 돌아왔다. 그런데 그로부터 며칠 지나지 않아 그날의 자세한 내막을 알게 되었다. 그날은 일본에 통신사로 다녀온 황윤길 대감과 김성일 대감이 문무백관들이 모인 자리에서 임금께 일본의 사정을 보고하는 날이었다. 그런데 무려 백여 명의 사절단을 이끌고 일본을 일 년 가까이나 공들여 다녀와서는 하는 말이 서로 달랐다. 통신사 일행의 우두머리인 정사 황윤길은 도요토미 히데요시(豊臣秀吉)의 성격상 곧 전쟁을 일으킬 것 같다는 것이었고, 부사 김성일은 그런 기미를 전혀 느끼지 못하였다는 것이었다. 더군다나 김성일은, 도요토미 히데요시의 생김새가 꼭 쥐새끼 같다면서 그런 위인이 어찌 전쟁을 일으키겠느냐고 하였다는 것이 아닌가. 그러니까 석봉이 궐내에서 마주쳤던 그 상황은 바로 그날 임금께 보고를 마치고 나오던 김성일 대감을 류성룡 대감이 몰아세우고 있던 장면이었다. 그런 일이 있고 나서 딱 일 년 후, 드디어 전쟁이 벌어졌다. 온 조선 천지를 쑥대밭으로 만든 7년 전쟁, 곧 임진왜란의 시작이었다.

도요토미 히데요시는 일본을 통일하자 평소 꿈꾸어 오던 대륙정벌을 실천에 옮기기로 하였다. 그는 몇 년 전부터 이런 꿈을 꾸어 왔다.

'앞으로 일본이 통일되고 나면 일본 내에는 더 이

상 무장들에게 나누어 줄 땅이 없다. 누구에게는 10만 석, 또 누구에게는 20만 석…… 이렇게 녹봉을 책정해 주어야만 나라가 평안할 터인데, 무장들은 넘쳐 나고, 영지는 없고, 그 때에 가서는 어찌할 것인가? 그렇다. 저쪽 조선 너머 대륙에는 땅이 넘쳐난다. 명나라라는 거대한 땅이 있고, 더 가면, 안남(베트남), 샴(태국)……. 그래, 기왕 내친김에 천축(인도)까지 정벌한다고 해서 안 될 일이 무엇인가. 내게는 지난 100여 년 동안 전쟁으로만 단련되어 온 막강한 사무라이 집단이 있지 아니한가.'

주변에서는 모두 말도 안 되는 허황된 꿈인 것을 알았지만, 누가 감히 천하를 통일한 관백(關白)의 지위에 맞설 것인가? 그건 자기 목숨이 백 개라도 모자랄 일이었다. 결국 가신들과 영주들이 모두 몸을 사리는 사이, 도요토미 히데요시의 망상은 실천에 옮겨졌다.

안동의 명문가 출신인 김성일은 임진년(1592) 4월에 전쟁이 발발하자 임금에게 허위 보고를 하였다는 죄목으로 한양으로 소환되고 있었다. 천만다행으로 도중에 류성룡과 중신들이 허물을 썻고 공을 세울 수 있는 기회를 줄 것을 간청하였다. 임금도 노여움을 풀고 그에게 경상우도초유사라는 직책을 맡기었다. 경상도에서 군병을 모집하는 직책이었다. 그렇게 하여 그는 충청도 직산에 이르렀을 때 천행으로 죽음을 면하고 경상도 땅으로 향하게 된 것이었다. 그 후 그는 의병장 곽재우를 도와 의병활동을 독려하였고, 각 고을에서 의병들을 끌어 모으며 군량미 확보에도 힘을 쏟았다. 진주목사 김시민을 도와 왜군의 침입으로부터 진주성을 보전하는데도 큰 공을 세웠다. 전쟁이 터진 다음해인 1593년에는 도순찰사(都巡察使)를 겸직하며 도내 각 고을에서 왜군에 대한 항전을 독려하다가 과로로 인하여 병을 얻어 죽으니 그때 공의 나이 55세였다.

왜군이 부산포에 상륙한 지 보름이 지났다. 한양 도성 내의 군인들과 백성들도 상당수 도망쳐서 성문을 닫을 시간이 되었는데도 경루(更漏)조차 울리지 않으니 도대체 지금이 몇 시각인지 알 수가 없었다. 저녁 무렵에 남쪽으로부터 장계가 당도하였다. 순변사 이일이 보낸 장계라고 했다. 거기에는 금명간 왜병들이 서울에 들이닥칠 것이라고 적혀 있었다.

그날도 어수선한 가운데 궐에서 일을 보고 있던 석봉에게 위로부터 명령이 떨어졌다. 승문원의 중요 문서를 챙겨서 임금의 평양 몽진 길에 따라 나서라는 명이었다. 아내 최 씨와 아들 민정에게 작별을 고할 사이도 없었다. 그래도 석봉은 크게 개의치 않았다. 아내에게는 언제 어떤 상황이 발생할지 모른다는 언질을 둔 터였고 벌써 스물다섯 살이 된 아들은 과거에 급제하여 관리로 생활하고 있으니 제 앞가림은 제 스스로 할 것이었다.

승문원에서도 며칠 전부터 언제 있을지 모르는 왜군의 침입에 대비하여 외교문서들을 중요도에 따라 상, 중, 하로 챙겨 놓은 상태였다. 난리가 났다는 소식을 접하자 승문원의 관리들 대다수가 도망쳐 버렸다. 남은 관리들이라고 해 보아야 승문원의 최고 우두머리인 이수겸 지사를 비롯하여 채 열 명도 되지 않았다. 그래도 그들은 촛불과 횃불에 의지하며 나귀에 짐을 모두 챙겨 실었다.

일행이 도성을 빠져나오자 어떻게 알았는지 백성들이 길거리에 나와서 국왕 일행의 몽진 길을 만류하였다. 경복궁 앞을 지날 때는 그들의 울음소리가 빗소리

　와 함께 밤하늘을 가득 채웠다.

　"전하, 도성을 버리고 어디로 가시나이까."

　"저희들을 버리지 마시옵소서."

　임금 일행은 저 앞에 간다고 했다. 이들 피란행렬이 홍제 고갯마루를 넘어갈 무렵에는 비가 제법 세차게 내리기 시작하였다. 뒤돌아보니 저 멀리 남대문 쪽인지 궁궐 쪽인지, 대궐 방향에서 불길이 올라오는 게 보였다. 아마도 백성들이 대궐에 불을 지른 모양이었다. 어떤 백성들은 피란행렬을 향하여 돌을 던지기도 하였다. 이미 임금이나 고관들의 권위는 땅에 떨어져버렸

다. 초저녁에 대궐을 빠져나온 피란행렬은 자정이 가까울 무렵에는 벽제역 근방에까지 이르렀다. 비가 억수같이 퍼부어대니 임금의 뒤를 따라가며 호종하는 궁녀들의 복색도 말이 아니었다. 그들의 울음소리와 간간히 들려오는 백성들의 원망 섞인 조롱과 야유가 한데 어우러져서 피란길은 그야말로 비참하기 이를 데 없었다.

들리는 말에는 동궁 일행이 종묘사직의 신주를 모시고 맨 앞에 서고 그 뒤를 선조 임금과 대신들이 따른다고 하였다. 석봉 일행의 행렬은 거의 끝부분에 있었다.

벽제 근방에 이르자 시골 노인들이 피란행렬에 집을 내어주어 어가 만이 집 안으로 들어가고 나머지는 길거리에서 가지고 온 쌀과 좁쌀로 급히 밥을 해 먹고는 대충 허기만 면하였다.

다음날 날이 밝아 인원을 점고하여 보니 절반 이상이 전날 밤에 도주를 해버렸다는 사실이 밝혀졌다. 그래도 누구도 그것을 탓하거나 거기에 대하여 뭐라고 말할 처지도 안 되었다. 다들 머릿속으로 임금 행렬을 따라가야 하는지, 아니면 중간에 틈을 타서 도망을 쳐야 하는지를 계산하기에도 바쁜 상황이었다.

임금 일행이 평양성에 도착할 즈음 왜군들도 이미 평양 근처까지 뒤따라왔다. 조선 최고의 명장이라던 신립 장군이 이끌던 병사들은 충주의 탄금대에서 모두 전멸했다는 소문이 돌았다. 왜병들은 별다른 저항도 받지 않고 이미 한양을 점령하고 개성을 거쳐 평양까지 올라온 것이었다. 당시 임금을 모시던 중신들은 최홍원, 류성룡, 정철, 윤두수, 김명원 같은 이들이었다. 선조 임금은 한치 앞도 내다볼 수 없는 상황이라고 판단을 한 것인지 서둘러 둘째 아들인 광해를 세자로 책봉하고는 그에게 분조(分朝)를 이끌고 평안도와 함경도 쪽을 두루 다니면서 백성들을 안돈시키게 하였다. 영의정 최흥원이 세자 일행의 분조에 가담하였다.

최흥원에 이어 영의정의 중임을 맡게 된 류성룡은 임금을 지근거리에서 보좌하며 망해가는 나라를 지탱하려고 온갖 힘을 기울였다. 유월 초하루가 되자 왜군들의 조총소리가 평양 성내에까지 들려왔다. 임금은 밤새 잠도 이루지 못하고 두려움에 떨면서 파천할 계획을 세우라고 하명을 하였다. 그럴 때마다 류성룡은 평양이 천하에 둘도 없는 요새임을 내세워 조금만 더 버티면 명나라의 원군이 올 것이라고 임금을 설득하였다.

"전하, 한양을 지키지 못하고 떠난 것은 평양이 있어서였는데 이제 평양을 버리면 더 이상 갈 곳도 없고 지킬 땅도 없게 됩니다. 평양성은 동쪽과 남쪽은 대동강이 흐르고 서쪽과 북쪽은 보통강으로 둘러싸여 있는 천하의 요새입니다. 부디 통촉하여 주시옵소서."

아무리 그래도 선조의 고집을 꺾을 수는 없었다. 그러나 평양을 떠나는 것조차 쉽지 않았다. 어느새 소문을 들었는지 백성들이 몰려와서 피란행렬의 앞을 가로

막는 것이었다.

"너희 놈들이 국록을 받아먹고 나라를 망치더니 이제는 왜군을 피해서 도망친 우리를 평양성으로 불러들여서 죽으라고 하고는 너희들만 살겠다고 또다시 도망친단 말이냐? 이런 쳐 죽일 놈들!"

그들은 차마 왕실 식구들에게 몽둥이와 농기구를 들이대지 못하고 애꿎은 관료들과 궁인들만 두들겨 팼다. 이런 와중에 한양 종묘에서 모시고 온 선왕의 신주가 길바닥에 떨어져 발에 밟혀 부서지고 호조판서 홍여순은 몽둥이에 맞아 제대로 걷지도 못하는 일까지 벌어졌다.

그런 위험한 고비를 넘기면서 피란행렬은 꾸역꾸역 이동하여 조선의 최북단 압록강가의 도시 의주에 도착하였다. 모처럼 비가 그치고 6월의 따가운 햇살이 비치는 어느 날이었다. 의주 관아에 도착하니 한심하기가 이를 데 없었다. 관청이라고 하기도 부끄러울 정도로 건물은 쇠락해 있었는데, 관아의 대문도 삐뚜름하게 기울어져 있었으며 건물 곳곳에 거미줄이 쳐진 곳이 많았다. 그래도 임금은 피란행렬을 이끌고 더 이상 북으로 갈 수도 없었다. 명에서 압록강 건너 요동 땅으로의 도강을 허락하지 않았기 때문이었다. 하는 수 없이 낡아빠진 의주 관아를 임시방편으로 대략 청소하고 그곳에 행재소(行在所)라는 현판을 붙이고 임금이 정무를 보는 임시거처로 정하였다.

막 도착하여 짐을 내려놓은 다음날, 임금은 피란행렬의 하급 벼슬아치들을 모두 불렀다. 아마도 여기까지 자신을 따라 온 사람들이 누구누구인지 점고를 하려는 모양이었다. 의주에 도착하여 하루가 지나자 상황은 더욱 나빠졌다. 백성들이 폭도로 변하여 관아를 습격하며 양곡을 닥치는 대로 실어 나르는 것이었다. 이미 관의 명령체계도 모두 무너져버린 상황이었다.

그런 중에 기쁜 소식도 들려왔으니 바다에서는 이순신이 이끄는 수군이 왜군과의 해전에서 백전백승하고 있다는 낭보였다. 석봉 한호보다 2년 늦게 출생한 이순신(1545 ~ 1598)은 장차 왜군의 침략이 있을 것에 대비하여 평소 함선 건조와 병사들의 훈련을 게을리 하지 않았다. 그는 임진년 4월에 전쟁이 발발하자마자 곧바로 옥포(5월), 사천포(5월), 당항포(6월) 해전에서 일본 수군을 무찔렀으며, 이어 7월에는 후일 세계 3대 해전 중의 하나로 꼽히는 '한산도대첩'을 벌여 일본

수군을 거의 궤멸에 가까운 정도로까지 타격하였다.

　마침내 명나라에서도 구원병을 파병하였다. 총병 조
승훈이 이끄는 기마군 선발대 3천 명이 이미 요동 땅
을 출발하였다. 들리는 소문으로는 명나라의 조정에서
도 중신들이 모두 파병을 반대하였지만 오직 병부상서
석성만이 고집을 부려 이번 파병이 성사되었다는 것이
었다. 석성의 부인이 조선 출신이라 석성이 특히 조선
에 애정을 갖고 있다는 소문도 함께 들려 왔다.

　선조는 이미 한 달 전에 대사헌 이덕형을 주청사로

삼고 동지중추부사 홍순언을 병조참판으로 삼아 명나라 만력제(萬曆帝)에게 구원병을 요청하여 놓았던 것이다. 선조는 친서에서 명나라로 망명할 수 있게 하여 달라고 하였지만 명나라에서는 거절하였다. 그래도 대국의 체통이 있었던지 파병만은 허락한 것이었다. 기쁜 소식은 또 있었다. 분조를 이끌고 있는 광해군이 평안도, 함경도, 강원도를 종횡무진 누비며 백성들을 독려하고 있다는 소식이었다.

석봉은 피란지에서도 틈틈이 천자문을 써내려갔다. 자신이 지금 쓰고 있는 한 자, 한 자가 먼 훗날 조선 백성들이 앞에 놓고 배우는 교재가 될 것이라는 생각에, 그리고 몽매한 백성들을 깨우쳐주는 소중한 길잡이가 될 것이라는 자부심에 붓을 옮기는 순간순간마다 가슴이 설레었다.

"하늘 천, 땅 지, 검을 현, 누를 황."

석봉은 天地玄黃(천지현황) 네 자를 쓰면서 그 밑에 하늘, 땅, 검을, 누를, 이렇게 뜻을 적었다. 생각 같아서는 '하늘은 위에 있으니 그 빛이 검고 그윽하며, 땅은 아래 있으니 그 빛이 누르다.'라는 해설까지 모두 넣고 싶었으나, 그렇게 하려면 책이 너무 복잡해지고 책에 간결한 맛이 없어진다는 문제가 생긴다. 그리하여 고심에 고심을 거듭한 끝에 최소한으로 뜻풀이를 하기로 하니, 결국은 한두 자의 석(釋) 만을 넣는 것으로 결정을 보았다. 그때까지 중국에서 전래된 천자문은 天地玄黃 만이 달랑 있었다면, 〈석봉천자문〉은 그 각각의 글자 밑에 해석을 붙인 것이었다.

이렇게 하여 피란 길 내내 틈틈이 시간 날 때마다 써 내려가던 천자문을 드디어 완성하고 선조 임금께 배알을 요청하였다. 때는 한양으로 환도가 이루어지고도 한 달을 넘긴 1593년 동지 달 무렵이었다.* 그해 4월에 왜군을 한양에서 몰아냈고 10월에는 의주로부터 행재소를 철수하여 한양에서 집무를 시작하였다. 선조 임금은 반갑게 석봉을 맞이하여 주셨다. 석봉은 그 동안의 천자문 집필 과정을 소상히 말씀드리며 가지고 온 〈석봉천자문〉 한 질을 임금 앞에 내보였다.

"오호라, 하늘은 천이고 땅은 지로구나. 어디 끝 부분은 어떠하더냐? 으음, 고루과문 우몽등초(孤陋寡聞 愚蒙等誚)라. 고루하고 배움이 적으면 어리석고 몽매한 자와 똑같이 꾸짖는다는 뜻이렷다."

* 소설의 극적인 구성을 위해 임진왜란이 끝난 후에 완성된 것으로 하였으나, 사실은 선조 32년(1583년) 정월에 간행되었다 현재 〈석봉천자문〉은 보물 1659호로 지정되어 있다.

"네, 그것이 일백스물 네 번째의 사언절구이옵니다."

"마지막은 위어조자 언재호야(謂語助者 焉哉乎也)라. 이것들은 조사의 구실을 하는 말이렸다. 참으로 장하도다. 이제 그대가 쓴 〈석봉천자문〉만 있으면 백성들이 일일이 훈장으로부터 뜻풀이를 듣지 않고도 일천 개 글자의 뜻을 이해할 수가 있겠구나."

임금은 〈석봉천자문〉을 이리 저리 돌려보며 만족함을 표시하셨다. 그 동안 전쟁으로 온 나라가 피폐해져 있는 상황에서 무엇 하나 즐거운 일이 있었던가? 가끔씩 들려오는 이순신이 이끄는 수군의 승전소식과 의병들의 활약상에 그나마 위안을 얻는 임금이었다. 이제 그런 전쟁의 와중에서도 백성들을 일깨워 줄 서책 교본 하나가 반듯하게 나왔으니, 앞으로는 이 책을 널리 보급하여 백성들을 교화하는 것이 또 다른 과제였다.

"이제 짐이 공신도감과 실록청에 명하여 이 책을 1천 부 정도 찍으라고 하여 전국에 널리 배포토록 할 것이니라."

석봉이 자리를 뜨려하자 임금은 못내 아쉬운 표정을 지으면서 석봉에게 조금 더 있다 가라고 하시었다. 지

난번 의주 행재소에서 못 다한 이야기를 하자는 것이
었다.

"그래, 그때 주홍사의 이야기는 나중에 한다고 하지
않았더냐? 오늘 그 이야기를 마저 하자꾸나."

석봉은 선조 임금의 용안을 찬찬히 올려다보았다.
의주에서부터 한양으로 환궁할 때까지 거의 두어 달을
못 뵈었던 것이었다. 원체 임금께서도 명나라의 사신
접대에다 이곳저곳에서 올라오는 장계 처리며, 또 함
경도로 전라도로 돌아다니는 세자 광해군의 분조 활동
에 대한 지원까지 하다 보니 그야말로 정신이 없으셨
던 탓이었다.

더군다나 임해군 이진(李珒)의 사건은 임금에게 충
격을 주기에 충분하였다. 원래는 장자였기에 세자로
책봉 되었어야 하나 임금께서는 그의 성격이 포악하고
서책을 즐겨하지 않는 등, 여러 가지 결함이 있어 평양
에 피란 가 있던 시절 서둘러 둘째인 광해군에게 세자
자리를 넘겨주었다. 그러자 평소에도 과격한 성격의
임해군은 더욱 더 난폭하여져서, 근왕병을 모집하라
고 동생 순화군과 함께 함경도 지방에 보냈더니 오히
려 백성들을 겁탈하는 등의 못된 짓만을 하고 다녔다.

임진년 9월 왜적이 한창 기승을 부리던 때에는 오히려 국경인(鞠景仁)이라는 백성의 손에 의하여 왜장 가토 기요마사에게 넘겨졌으니, 왕실로 보면 수치도 이런 수치가 있을 수 없었다. 그 후 여러 차례 관리들이 일본 측과 협상한 끝에 마침내 석방되어 한양으로 돌아온 것이 불과 두 달 전이었다.

석봉이 선조 임금에게 〈석봉천자문〉을 바쳤으나 전쟁이 아직도 계속되고 있던 탓에 보급은 전혀 이루어질 줄을 몰랐다. 우선 종이도 없거니와 공신도감과 실록청에도 책을 만들 돈이 없었다. 〈석봉천자문〉이 본격적으로 보급되기 시작한 것은 광해군이 집권하고 전쟁의 후유증이 조금 진정되면서부터였다.

19. 중국 연경에 한석봉의 이름을 떨치다

    임진년도 다 저물어가던 12월, 드디어 명의 대군 4만 명이 압록강을 건넜다. 이여송(李如松)의 뿌리는 원래 고려로, 6대조 이승경은 원나라에서 요양성 참정의 벼슬을 지냈고 고려에서는 문하시랑평장사를 지냈다. 5대조인 이영(李英)은 평안도 초산 사람으로 살인을 저지르고 압록강을 건너 요동에 정착하여 그 후손이 이성량 – 이여송으로 이어지는 것이다. 이여송은 명나라 요동 지역에서 벌어진 여러 난을 진압하여 명성을 얻었고 제독이라는 지위에까지 올랐다.

    임진왜란 초기에 명나라는 일본군의 정확한 규모와 전력을 알지 못하는 상황이었다. 그래서 우선 요동 총병인 조승훈에게 여진족 기마군단 3,000기를 딸려 보냈으나 의외로 그들은 조총으로 무장한 왜군에게 기습을 당하여 패하고 만다. 평양성에서 조승훈이 이끄는 기병이 왜군에게 참패했다는 소식에 명에서는 일본 군이 생각보다 강하다는 사실을 인정하고 이여송에게 42,000명의 대군을 맡겨 조선에 파병한 것이다.

선조실록에는 당시 의주 관아에서 선조 임금과 신하들과의 대담이 아래와 같이 기록되어 있다.

"이여송은 명장인가?"

"이성량의 아들로 천하의 명장입니다. 영하(靈夏)를 정벌하고 나자 명 황제는 그에게 영하후(靈夏侯)라는 작위를 주고 천하대총병(天下大總兵)이 되어 명나라 전국에 있는 13총병을 모두 다스리도록 하였습니다."

이여송이 압록강변에서 이덕형과 류성룡의 안내를 받아 의주 관아에 도착하자 선조 임금은 몸소 버선발로 달려 내려와 이여송을 환대하였다. 조선 조정으로서는 그야말로 가뭄에 단비를 만난 격이었다. 선조 임금이 보니 이여송은 8척이 넘는 거구에 시꺼먼 수염이 얼굴을 덮고 있었다. 가히 영웅이라고 칭하기에 충분해 보였다. 이여송이 이끄는 명군이 일본과의 전투에 적극적으로 나선 것도 아니었고, 조선 백성들에게 분탕질도 서슴지 않아 그 폐해 또한 적다고 할 수 없었으나, 어찌 되었건 조선은 명나라 지원군 덕에 육지에서도 왜군과의 전력 열세를 어느 정도 만회할 수가 있었다.

전쟁이 어느 정도 소강상태를 보이자 이여송은 본국으로 귀환을 결정한다. 떠나기에 앞서 임금이 무슨 선물을 주면 좋을까 알아보라 하였더니 비변사의 관리들이 돌아와서 보고하기를 조선 최고의 명필 한석봉의 글씨를 얻어가는 것이 소원이라고 하더란다. 이리하여 임금은 석봉에게 글씨를 써주도록 당부하였다.

그 다음해에 석봉은 사은사(謝恩使)의 수행원이 되어 명나라를 방문하게 되었다. 아직도 전쟁은 계속 중이었지만 군대를 파견하여 전쟁 수행에 큰 도움을 주었으니 도움을 받는 조선의 처지로서는 감사의 인사를 수시로 할 수밖에 없는 형편이었다.

명나라의 수도 연경에 장세기라는 명문 대부호가 있었다. 그는 원체 예술품을 사랑하여 그림과 글씨를 사모으는 것이 취미였다. 조선, 왜국, 중국의 여러 지방, 더 나아가서는 멀리 인도와 아라비아에서까지 유명한 것이라면 값을 따지지 않고 사 모았다. 그는 그렇게 사모은 예술품들을 시시때때로 전시하며 손님들을 초대하여 잔치를 베풀었다. 석봉이 연경에 도착한 지 얼마

지나지 않아 중국 측에서 석봉 일행을 장세기의 집으로 초대하는 일이 있었다. 한석봉 역시도 좋은 작품들을 구경할 수 있는 기회라고 생각하고 초대에 응했다. 장세기의 집은 과연 연경 최고 부자라는 말이 무색하지 않을만큼 으리으리했다. 그 규모는 한성에 있는 대궐에도 손색이 없을 정도였다. 방 안은 물론 마당 구석구석까지 등불이 휘황찬란하게 걸려 있었다. 석봉은 과연 여기 오길 잘했다는 생각을 하며 전시실 이곳저곳을 구경하였다.

잠시 후, 장세기가 손님들을 한 방으로 불러 모았다. 그 방에는 그야말로 산해진미가 가득 차려져 있었다. 보기만 해도 군침이 도는 음식들이었다. 한창 주흥이 무르익어 갈 때에 장세기가 일어서더니 흰 천으로 된 가림막 앞에 섰다.

"자, 여러분을 오늘 오시라고 한 것은 바로 이 글씨를 보여드리기 위함입니다. 천천히 식사를 하시면서 글씨를 감상하시기 바랍니다. 자 그럼 벗기겠습니다."

장세기가 흰 천을 벗겨내자 거기에는 커다란 액자가 하나 나왔는데, 그 안에 쓰여 있는 글씨를 보는 순간 석봉은 숨을 쉴 수가 없었다. 그것은 바로 얼마 전 귀국하는 이여송 총병에게 자신이 써 준 족자가 아닌가. 장세기의 설명이 이어졌다.

"이것은 얼마 전 조선에서 귀국한 이여송 총병이 소장하고 있던 작품인데 제가 특별히 부탁하여 잠시 빌려왔습니다. 자, 보십시오. 조선 최고의 명필가 한석봉이라는 사람이 쓴 글씨입니다. 어떻습니까?"

그 자리에는 왕세정이라는 중국 최고의 명필도 함께하고 있었다. 그는 그 글씨를 보더니 이렇게 감탄을 하는 것이었다.

"과연 조선의 한석봉이 쓴 글씨는 참으로 놀랍군요. 한 글자, 한 획마다 살아 있는 물고기가 물속을 힘차게 헤엄치는 것과 같고, 목마른 말이 내를 찾아 달리는 모양이 느껴집니다. 나로서도 감히 따라잡을 수 없을 정도입니다."

사람들 사이에 술이 몇 순배 돌아서 모두가 거나하게 취해 있을 때, 장세기가 재미있는 제안을 하였다.

"자, 이 자리에 계신 분들께 제안을 하겠습니다. 여기 이쪽 액자에 있는 글씨는 우리 중국의 자랑인 왕우군(왕희지)의 작품입니다. 누구든지 저 글씨와 비슷하게 쓸 수 있는 분이 있다면 제가 큰 상을 드리겠습니다."

그러자 모두 수군대기만 할 뿐, 어느 누구도 선뜻 나서려고 하지 않았다. 당대 중국 최고의 명필이라는 왕세정조차도 머뭇거리니 누가 감히 나설 수가 있을까? 석봉은 은근히 도전하고 싶은 생각이 들었다. 이 기회에 중국 사람들의 콧대를 꺾어주고 말아야 하겠다는 오기가 발동한 것이었다. 석봉이 손을 들자 모두의 시선이 그에게로 쏠렸다. 이어 수군거리는 소리가 들렸다. 중국말은 잘 몰라도 필시 자신을 무시하는 소리 같았다. 장세기가 하인을 부르더니 지필묵을 대령하라고 일렀다. 잠시 후, 종이를 앞에 둔 석봉은 심호흡을 하더니 일필휘지로 써내려가기 시작하였다. 왕희지의 글씨체라면 어려서부터 시냇가의 돌 위에다가도 쓰고, 흙바닥 위에도 쓰며 연습했던 글씨체가 아니던가.

"아니, 아니. 이럴 수가!"

"오호, 과연 명필이로군!"

글씨를 다 쓰자 이곳저곳에서 감탄하는 소리가 들려왔다. 왕세정은 손뼉을 쳐대며 석봉을 추켜세웠다. 장세기가 석봉에게 다가오더니 친근한 어조로 물었다.

"선생은 대체 뉘시오?"

"제가 바로 조선의 한석봉입니다."

그러자 사람들 입에서 이구동성(異口同聲)으로 같은 물음이 튀어 나왔다.

"아니, 조선의 명필 한석봉이시오?"

"그렇다면 저기 이 총병의 글씨를 써주셨다는 분이오?"

그날 이후로, 석봉이 연경을 떠날 때까지 석봉이 묵는 숙소 앞에는 이른 아침부터 긴 줄이 섰다. 석봉에게 부탁하여 글씨를 한 점 얻기 위함이었다. 50년 전, 석봉이 태어날 때 꿈에 어떤 스님이 한 말, 낙양의 종이 값이 석봉으로 인하여 오른다던 말이 드디어 현실이 된 것이었다. 이때부터 본격적으로 중국 사람들의 한석봉 글씨 사 모으기 경쟁도 시작되었다. 그들은 조선을 내왕하는 장사꾼들에게 값은 얼마라도 좋으니 무조건 구입하여 달라는 청과 함께 돈을 선불로 쥐어 주었다.

세상 사람들은 송도삼절(松都三絶)로 중종 때의 화담 서경덕과 기생 황진이, 그리고 박연폭포를 들지만, 이것은 풍류를 좋아하는 호사가들이 만들어낸 것이고,

진짜 송도삼절은 따로 있다. 바로 차천로의 시, 한호의 글씨, 그리고 최립의 문장을 말한다.

석봉 한호의 막역한 친구이자 송도의 동향 후배이기도 한 오산 차천로(車天輅)는 석봉보다 13년 후인 1556년에 태어났다. 차천로는 어려서 집이 매우 가난하였다. 하루는 밭에서 일을 한 뒤에 형과 밥을 먹는데, 다리에 묻은 흙도 깨끗이 닦지 않고 밥상 앞에 앉았다가 형에게 심한 꾸중을 들었다. 이 광경을 지켜 본 부인이 밤이 되자 코흘리개 신랑에게 울면서 당부를 한다.

"십년 동안 죽기 살기로 공부하셔서 출세하여 돌아온다고 저와 약조하세요. 저는 이런 모욕을 당하면서 사느니 차라리 죽고 말겠어요."

그러면서 부담롱*에서 무언가를 꺼내더니 남편 앞에 턱하니 내놓는 것이 아닌가. 그것은 부인이 시집올 때 가져온 패물이었다. 그 패물을 여비로 하여 차천로는 한양에 자리를 잡았고 좋은 스승을 만나 결국은 성균관에 들어가 공부할 수 있는 기회까지 잡았다. 차천로는 마침내 임금 앞에서 시험을 보는 과거인 알성시에 급제하여 출세의 길이 열렸다.

* 부담롱: 옷이나 책 따위의 물건을 담는 작은 농짝

임진왜란이 거의 끝나갈 무렵, 명나라의 주지번이 사신으로 조선에 오게 되었다. 중국 사신의 우두머리가 당대 최고의 문인이자 시인인지라, 조선에서도 시문에 뛰어난 사람을 뽑아 그를 접대하고자 하였다. 이에 조정은 당시 문장으로 이름난 이정구 대감을 영접 대표로 하여 중국 사신들을 맞이하였다. 중국 사신들은 전쟁으로 시달리고 있는 조선 국왕의 노고를 위로한다고 하였으나 그것은 허울 좋은 명분일 뿐이요, 실은 조선의 돌아가는 상황을 파악하고자 하는 목적이 따로 있었다. 벌써 전쟁이 7년째로 접어들었는데, 과연 조선이 어느 정도로 피폐해져 있는가, 그런 중에도 조선 사람들의 정신 상태는 어떠한가를 자신들의 눈으로 직접 확인코자 한 것이었다.

사신 일행이 평양에 이르고 저녁이 되자, 주지번은 기도회고(箕都懷古: 기자조선의 도시를 회고함)란 제목으로 백 자의 운자를 뽑아 주며 접반사 일행에게 날이 새기 전에 시를 지어 올 것을 요구했다. 다분히 조선 선비들을 시험하려는 불손한 의도라고 밖에 할 수 없는 처사였다. 그러나 약자인 조선의 입장에서야 어

쩌겠는가. 늘 겪는 일이다 보니 거기에 대한 대응도 재빨랐다. 접반사 이정구 대감을 비롯하여 이안눌, 이수광, 한호, 차천로 등, 당대의 이름난 문장가들이 모여 회의를 거듭하는 중에, 제일 말석인 차천로가 자청하고 나섰다.

"제게 한 동이의 술과 큰 병풍 한 개를 준비하여 주시고, 한석봉을 대기시켜 주십시오. 제가 밤새 지어 올리리다."

시라면 자타가 공인하는 조선 최고의 시인인 차천로의 호언장담에 따라 술과 안주가 마련되자 차천로는 마루에 병풍을 치고 이어 술을 열 잔 연거푸 마시더니 병풍 뒤로 갔다. 병풍 앞에서는 한석봉이 먹을 듬뿍 적신 붓과 백 장의 종이를 준비하고 있었다.

"석봉, 준비 되셨는가?"

차천로가 병풍 밖에 대고 소리치자, 한석봉이 얼굴 가득 웃음을 띤 채 농담조로 응답하였다.

"네이, 소인, 오산(五山) 선생의 명을 받아 대령하고 있나이다."

"내가 시를 읊을 것이니 석봉은 받아 적으시오."

"네이~"

이렇게 하여 병풍 안쪽에서 차천로가 시를 읊으면 병풍 밖에서는 석봉이 일필휘지로 받아 적는, 시와 글씨가 어우러진 잔치가 벌어졌다. 어느덧 새벽녘 먼동이 터올 즈음에 백 구의 장편 시 작성이 모두 끝났다. 그러고 나자 차천로는 병풍 안 쪽에서 드르렁 거리며 잠을 자는 것이 아닌가.

아침 나절, 주지번을 비롯한 명나라 사신들은 '제깟 것들이 감히……' 하는 심정으로 영빈관에서 조선 접반사들을 기다렸다. 막상 조선 접반사 일행이 준비해 온 시를 보자 그들은 입이 딱 벌어졌다. 그 내용과 글씨가 어찌나 아름답던지 그들이 흥에 겨워 읊는 낭랑한 소리가 아침나절 내내 영빈관 밖까지 울려 퍼졌다. 내용도 아름다웠지만 글씨는 그야말로 한 폭의 그림이었다. 일행의 대장인 주지번은 어찌나 흥이 났던지 부채로 장단을 맞추다가 채 50여 수도 읽기 전에 그만 부채가 다 부서져버렸다고 한다. 중국 사신들은 100편의 시를 서로 먼저 차지하겠다고 싸움이 일어나 찢어진 것이 절반이나 되었다고도 한다.

차천로의 집안은 모두가 뛰어난 문장가 집안이었다.

할아버지 차광운, 아버지 차식, 그리고 차천로의 3형제인 은로, 천로, 운로 모두가 다 문장이 뛰어나 세상 사람들은 그들 가족을 가리켜 차문삼세오문장(車門三世五文章)이라 불렀다고 한다. 풀이하면, '차씨 가문 삼대에 걸친 다섯 문장가'라는 뜻이다. 십여 년 전에는 차천로의 아버지가 고성 군수로 있으면서 석봉을 찾아와 해산정(海山亭) 현판 글씨를 부탁하기도 한 적이 있지 않은가.

이것이 송도삼절로 알려진 차천로와 한석봉의 일화라면, 또 다른 삼절 중 한 명이자 이번 접반사의 실질적인 책임자인 최립과의 인연은 그때로부터 20년 전으로 거슬러 올라간다. 한석봉이 관직에 오른 지 얼마 지나지 않아 처음으로 중국에 사행사의 일원으로 사자관(寫字官)이라는 직함으로 따라갔을 때 최립은 사절단의 서장관 겸 질정사로 사절단 일행 중에서도 가장 중요한 역할을 하고 있었다. 석봉의 필명이 널리 알려질 수 있었던 것도 이미 여러 차례 중국을 왕래한 경험이 있는 최립이 연경 내의 유력인사들에게 틈날 때마다 석봉을 소개해 준 덕분이었다.

간이(簡易) 최립(1539~1612)은 당시 조선에서 일

찌감치 문장으로 이름을 떨친 사람이다. 어린 나이에 진사시(소과)에 급제하고 식년문과(대과)에도 장원을 할 정도로 문장에 뛰어난 최립은 같은 송도 출신이라는 인연으로 석봉을 끔찍이 아껴주었다. 자신보다 네 살이 아래인 석봉이 관직생활을 할 때 최립은 음으로 양으로 석봉에게 많은 도움을 주었는데, 한 번은 이런 일화가 있었다고 한다. 석봉이 몇 차례의 중국 사행에서 맡은 바 임무를 충실히 수행하고 그 서예 기법이 중국 천지에까지 알려지자 그를 시샘하는 사람들이 석봉에게 모욕을 가한 일이 여러 번 있었다. 그들은 틈만 나면 석봉이 별 볼일 없는 양반가 출신이라며 경멸하고 그의 서예를 평가절하 하는 것이었다. 그때 최립이 발끈하여 그들을 이런 말로 꾸짖었다.

"조선의 풍속은 문벌만을 따져 평가하기 때문에 석봉의 글씨도 그릇 비평을 받을 때가 있다. 일찍이 나는 이런 세태를 분하게 여겨왔다. 그들은 석봉의 글씨가 조선 최고의 명필이라는 사실을 인정하려고 하지 않는다. 그들이 그렇게 험담하는 이유는 단지 석봉의 출신이 한미하다는 이유 하나 때문이다. 그렇지만 내가 보기에, 만약 그들에게 낙관을 보여주지 않고 왕희지의 글씨와 한석봉의 글씨를 나란히 놓고 우열을 가리라고 한다면, 아마도 거의 다가 석봉의 글씨가 더 낫다고 할 것이다."

최립은 임진왜란 초기에는 전주부윤을 역임하였으며 전쟁이 거의 끝나갈 무렵에는 승문원의 최고 책임자인 승문원제조(承文院提調)의 벼슬에 있었다. 최립은 품계로만 따지만 정2품으로 석봉과는 까마득한 차이였지만, 그런 그도 막상 석봉과 마주할 때는 항상 윗사람의 예로 대하였다고 한다. 석봉이 요양 차 황해도 금천군의 우봉(牛峯)에서 칩거하는 3년 동안 세 사람은 자주 모여 시를 짓고 글을 쓰며 풍류를 즐겼다. 최립은 외교 문서 작성에 뛰어난 능력을 보였는데, 임진왜란 당시 명나라 군대를 끌어오는 과정에서도 큰일을 하였다. 그런 공로가 있기에 외교 문서 전체를 관리하는 승문원의 최고 책임자인 제조 자리에까지 이른 것이다.

20. 가평군수로 내려가다

임진왜란은 끝났어도 나라 안은 온통 쑥대밭이었다. 장장 7년 동안이나 왜와 중국의 군사들이 온 나라를 만신창이로 만들었으니 나라가 성하다면 그게 오히려 이상할 것이었다. 사람들은 흔히 왜군의 분탕질만을 이야기하지만, 명군의 분탕질은 가히 왜군의 그것에 비할 바가 아니었다. 대국이요 상국이란 명분을 내세워서 그들은 원정군의 접대에 조금이라도 소홀하다 싶으면 관원이건 백성이건 가리지 않고 행패를 부렸다.

한번은 이여송이 이끄는 명군 4만여 명이 도착하기 직전에 선발대가 먼저 들어와 뒤이어 따라 들어 올 본진의 접대 준비에 만전을 기하라고 지시하며 돌아다녔다. 그때 조선 관리 하나가 명나라 관리에게 밉게 보였다. 자신에게 고분고분하지 않았다는 것이 이유였다. 명나라 관리는 그 조선 관리의 목에 줄을 묶어 온종일 동네를 끌고 다녔다. 그때 백성들이 그를 보고 뭐라고 소리치자 그는 백성들 10여 명을 모조리 묶게 한 후 그들을 대동강에 집어넣어 죽여 버렸다. 1월의 강추위에 꽁꽁 얼은 대동강으로 새끼줄에 묶인 백성들 10여 명을 끌고 가서 맨 앞의 한 명을 물속에 발로 차 넣자 그 다음부터는 마치 미끄럼을 타듯 줄줄이 얼음 구덩이 속으로 빨려 들어갔다고 한다.

그런 지긋지긋한 전쟁이 마침내 끝난 것이다. 전쟁 복구에 정신이 없는 와중에 선조 임금이 하루는 석봉을 편전으로 들라 하셨다. 이때는 창경궁과 창덕궁이 불에 타서 방치되어 있던 때였기에 경운궁을 임시 궁궐로 쓰고 있었으니 후일의 덕수궁이다. 초여름의 더위가 잠시 숨을 돌린 오후 무렵, 임금은 용상에 비스듬히 기대 계시었다. 앉은 자세만으로도 피곤이 가득하심을 알 수 있었다.

"그래, 어찌 지냈더냐?"

임금의 물음에는 따뜻한 애정이 듬뿍 들어 있었다. 석봉은 흐르는 눈물을 옷소매로 닦은 후 그간의 사정을 말씀 드리었다.

　"소인 벼슬에서 잠시 벗어나서 황해도의 고향 근처
에서 요양하고 있었나이다."

　"그래, 너는 동인당이다 서인당이다 하는 짓거리를
어찌 생각하느냐?"

　임금의 질문에는 잠시도 그칠 날이 없는 벼슬아치들

의 파당에 관한 염증이 고스란히 배어 있었다.

"소인은 오로지 글씨만을 연습하고 글씨만을 후세에 전하고자 하옵니다. 깊이 통촉하여 주시옵소서."

석봉의 대답은 간결했다. 자신은 그러한 당파 싸움을 잘 알지도 못하고 그런 것에 관여하기도 싫다는 뜻이었다. 그래서 이다지도 벼슬살이가 어려운 것인지도 모른다. 어언 오십대 중반을 넘겼음에도 아직도 여전히 품계는 종4품에 겨우 턱걸이 한 정도였다. 자신보다 3년이나 늦게 벼슬길에 나선 어린 시절의 학우인 이은성은 벌써 종2품 예조참의 벼슬을 꿰차지 않았는가. 물론 아버지의 후광이 없었다고는 할 수 없는 출세였다.

그런 석봉을 선조는 한참이나 물끄러미 바라다보고만 있었다. 이어서 결심이 섰다는 듯, 몸을 숙여 나지막한 소리로 석봉에게 새로운 일을 맡아보라고 권하였다.

"내가 너를 아껴서 일부러 궐내에 머물게 하고 네게 와서별제니 공조정랑이니 하는 벼슬을 내린 것은 너도 잘 알고 있으리라. 이제 내가 조정의 돌아가는 상황을 보건대 머지않아 커다란 옥사가 몰아칠 것이니라. 물론 네 당이 옳으냐, 내 당이 옳으냐의 당파싸움의 결과이리라. 그래서 내가 너를 안전한 곳으로 보내려고 한다. 여기서 150리 길에 가평군이 있느니라. 식읍은 얼마 되지 않으나 땅 넓이로만 치자면 이 한양 도성의 50배는 될 것이니라. 네 생각은 어떠하냐?"

"주상 전하께오서 가라 하시는데, 한갓 소인의 생각이 무에 중요하겠나이까. 복명하여 떠날 것이옵니다."

"그래, 거기서 네 글씨를 한층 더 갈고 다듬도록 하여라. 자, 이것은 내가 특히 너를 아껴서 쓴 휘호니라. 부디 잘 간직하고 있다가 후손에게 전하도록 하여라."

그러면서 선조 임금은 내관을 통하여 족자 하나를 내려 주시었다. 석봉이 펴보니 거기에는 '취리건곤 필탈조화(醉裏乾坤 筆奪造化)'라는 여덟 글자가 적혀 있었다. 석봉은 다시 한 번 엎드려 절한 후 임금께서 내리신 어필을 소중히 받았다.

"뜻은 자명하다. '크게 취한 가운데로 우주가 내 품에 안기니 붓으로 그 조화를 담아냈구나'라는 글이다. 필시 너의 글씨를 구하는 사람들이 앞으로도 그치지 않을 것이니 너는 그 필법을 잘 다듬어서 후세에게 전하도록 하여라. 내가 너를 그렇게 한적한 곳으로 보내는 이유는 다시 말할 필요가 없을 것이니라. 게으르게도 하지 말고 촉박하게도 하지 말라. 피곤할 때는 쓰지 말고 그냥 쉬도록 하라. 네 몸은 곧 조선의 필법이니라."

석봉은 다음날 행장을 꾸려 송도의 부모님 묘소로 향했다. 어려서부터 뛰놀던 우봉(牛峯) 양지바른 곳에 자리 잡은 아버님 묘소 앞에 꿇어앉았다. 술을 따라 올린 뒤 절하고, 옆의 어머님 묘소에 절을 했다. 한번 엎드리자 눈물이 그칠 줄 모르고 솟아나왔다. 어느덧 석봉은 엉엉 소리 내어 통곡을 해댔다. 6월의 따가운 햇살 아래 얼마를 울었는지 모른다. 엎어져 있는 석봉의 코로 상큼한 흙냄새가 코를 찌른다.

'아아, 어머니. 다섯 그루 소나무는 저렇듯 푸르기만한데 어머니는 무엇이 그리도 급하셨나요? 50평생 저를 그토록 사랑하셨던 어머니, 지금은 이렇게 흙과 함께 묻혀 계시군요.'

한참 만에 정신을 차린 석봉은 어머님의 비석을 수건으로 정성껏 닦았다. '수원 백 씨 지묘' 앞을 닦은 후

뒤편도 닦았다. '을해년(1575) 1월 25일 졸' 언제던가? 내가 서른세 살 때였으니 벌써 돌아가신 지가 스물 두해나 흘렀군. 내가 출세하여 한양에 집을 구하고 아내를 맞이하고 아들 민정이를 낳고 손자 커가는 재미에 하루하루를 즐거워하시던 어머니였는데 어찌 그리도 일찍 세상을 뜨셨던가. 한번 생각을 시작하자 생각은 꼬리에 꼬리를 물고 이어졌다. 정든 황해도 송도 땅을 뒤로하고 전라도 영암까지 장장 일천 리 길을 걸어 내려가던 일, 도중에 산적들을 만나 죽을 고비를 가까스로 넘긴 일, 독천시장에서 떡장수를 하시면서도 출세하기 전에는 상면조차 하지 않겠다던 어머니의 모습도 떠올랐다. 이제 민정이도 관리로 출세하여 버젓이 아들딸을 두고 있건만, 지금껏 살아 계셨으면 손주들 보는 재미에 날마다 웃음꽃을 피우며 지내셨을 터인데……

해가 뉘엿뉘엿 넘어갈 즈음에야 석봉은 자리를 떴다. 산을 내려오면서 몇 번이나 뒤를 돌아다보았는지 모른다. 가평으로 가면 내년에는 올 수 있으려나? 한 줄기 선선한 바람이 불어오면서 사흘 전, 편전에서 임금께서 보여주시던 상소문이 생각났다. 그 내용을 떠올리고는 부르르 몸을 떨었다. 임금께서는 옆에 있는 수많은 서찰 중 하나를 펼쳐 보이셨다. 자신을 무고하는 상소였다.

"와서별제(瓦署別提) 한호는 마음 씀이 거칠고 비루한 데다 몸가짐이나 일 처리하는 것이 한낮 아전의 이방과도 같아, 의관을 갖춘 사람들이 그와 동렬에 서 있기를 부끄러워하니 체직시키소서."

와서별제 때의 일이었으니 아마도 10여 년 전에 올라왔던 상소였을 것이다. 임금께서는 석봉을 모함하는 이런 저런 편지들을 모아 두었다가 보여주신 모양이었다. 궁궐의 기왓장이나 관리하는 벼슬아치가 무슨 의관을 정제할 필요가 있으며, 품행이 아전 나부랭이들과도 같다는 말은 또 무슨 말인지 자신은 도저히 이해할 수가 없었지만, 어찌 되었건 그들은 정국을 주도하는 집권 세력들이었다. 그래, 아무려면 어떤가. 나는 내 서법만을 갈고 다듬으리라. 이제 한양으로 돌아가서 짐을 챙겨 가평으로 가면 되는 것이다.

한석봉이 가평의 군수로 내려온 지 얼마 되지 않았을 때의 일이다. 비록 산골이지만 가평에서도 내로라

하는 세도 붙이가 있었으니 그가 바로 만석꾼이라는 최 부자였다. 가평 인근 강변의 기름진 땅은 거의 다가 그의 소유였다.

평소에 그가 아주 인색한 부자라는 소문을 익히 들어서 알고 있던 한석봉 군수는 그를 어찌하면 개과천선 시킬 수 있을까를 늘 생각하였다. 얼마 전 부임하고 나서 가평의 유지들과 상견례 자리를 통하여 안면은 있는 사이였다. 그러던 중, 어느 날 최 부자가 자신의 생일잔치에 군수를 초대하겠다는 전갈이 왔다.

한석봉 군수는 짐짓 거지 차림으로 변복을 하고 이방 하나만을 데리고 관아를 나섰다. 이방도 거지차림이었으니 이건 누가 보아도 거지 형제가 소문난 잔치집에 먹을 것을 구걸하러 온 꼴이었다. 이방에게는 군수의 갓이며 도포와 같은 복색 일습을 보따리에 싸서 따라오게 하였다.

최 부자 집에 당도하여 보니 대문 밖에까지 구수한 음식냄새가 코를 찔렀다. 솟을 대문 밖에는 안에 들어가지 못한 채 코를 벌름거리며 음식냄새 맡기에 여념이 없는 동네 사람들과 비렁뱅이들이 장사진을 이루고 있었다. 마당 가득 밝혀놓은 청사초롱과 화톳불에 최

부자 집은 가히 대낮을 방불케 할 정도였다.

한석봉은 마당을 가로질러 뚜벅뚜벅 걸어가더니 거침없이 대청마루로 올라갔다. 주위에서 하인들이 만류할 틈조차 주지 않고 거지 하나가 주인장과 행세깨나 한다는 유지들이 그득 앉아 있는 대청으로 뛰어 오른 것이다. 최 부자 쪽에서 보면 이건 낭패도 여간 낭패가 아니었다. 마침내 최 부자가 벼락같이 호통을 질렀다.

"아니 이놈이 도대체 누구란 말이냐? 당장 이놈을

내쫓지 못할까?"

서슬 퍼런 주인 영감의 호통에 하인들이 달려들어 한석봉을 질질 끌고 마당으로 내려갔다. 잔치에 참여했던 사람들도 멀거니 이런 광경을 지켜보고 있었다. 최 부자는 분이 안 풀렸는지 대문 밖에까지 따라 나가면서 한석봉에게 온갖 욕설을 하며 고래고래 소리를 질러댔다.

하인들의 냉대에 하릴없이 쫓겨난 한석봉은 밖으로 나가자 잠시 후 남몰래 준비해 온 관복으로 갈아입고 수건으로 얼굴을 말끔히 씻었다. 그러고는 다시 최 부자 집의 대문 앞에 이르렀다. 이방이 대문 앞에서 소리를 높여서 원님의 행차를 알렸다.

"이리 오너라~ 이리 오너라!"

안에서는 군수님의 행차를 알린다, 자리를 준비한다 하면서 야단법석이 났고 최 부자는 버선발로 부리나케 뛰어나와 군수를 맞이하였다.

"사또 영감, 어서 오십시오. 이렇게 누추한 곳에 찾아주시니 몸 둘 바를 모르겠습니다. 어서 위로 오르시지요."

최 부자는 연신 코가 땅에 닿도록 절을 해대는 것이

었다.

"사또 나리, 제 술 한 잔 받으시지요."

조금 전의 그 거지가 한석봉 군수였다는 사실을 전혀 모른 최 부자는 연신 굽실거리며 군수의 비위를 맞추기에 여념이 없었다. 그런데 군수는 술을 마시지 않고 가슴께로 쏟아 붓는 것이었다.

"아니, 술을 옷자락에?"

모두가 의아하게 쳐다보는데 이번에는 음식을 집어 들더니 옷소매 속으로 집어넣는 것이 아닌가. 잔치에 참여한 모두가 의아하게 생각하며 쳐다보고 있는데, 한석봉 군수는 그들 모두에게 들으라는 듯이 큰소리로 말하였다.

"내가 조금 전에 거지 복장을 하고 왔을 때에는 나를 내쳐 대문 밖으로 쫓아 버리더니, 이제 이렇게 관복을 걸치고 다시 오니 대접이 융숭하구려. 이는 필경 나 석봉 한호란 인물이 아니라 여기 이 관복이 대접을 받는 모양이니, 내 어찌 음식을 먹을 수 있겠소. 이 음식과 술은 마땅히 나의 관복이 받아먹어야 할 것이오."

최 부자는 자신이 조금 전에 쫓아낸 사람이 군수일 것이라는 생각은 꿈에도 하지 못하고 있었던 터라, 군수의 호통에 쥐구멍이라고 있으면 들어가고 싶은 심정이 되었다. 한석봉 군수는 차분한 음성으로 최 부자와 잔치에 참여한 유지들을 돌아보며 이렇게 타일렀다.

"일찍이 맹자께서도 말씀하셨소. 애인자 인항애지(愛人者 人恒愛之)하고, 경인자 인항경지(敬人者 人恒敬之)라고 말이오. 풀이하면, 남을 사랑하는 자는 남도 항상 그를 사랑하고, 남을 공경하는 자는 남도 항상 그를 공경한다는 말씀이오. 무릇 가진 자는 주변에 헐벗고 굶주린 사람들을 생각하여야 할 것이오, 그리고 그것이 바로 사람이 함께 어울려 사는 길이기도 하오. 여러분들, 나의 말을 알아들으시겠소?"

모두가 감동하여 머리를 조아리며 그렇게 하겠다고 하자, 한석봉 군수는 다시 힘주어 당부하였다.

"가진 분들께서 주변의 가난한 사람들을 많이 보살펴 주시오."

이날의 일을 교훈으로 삼아 이후부터 최 부자는 전혀 다른 사람이 되어 주변의 헐벗고 굶주린 사람들을 많이 돌보아주며 살았다고 전해진다.

전쟁 후유증을 치유하고 기강을 바로 잡는 일은 군

수가 해야 할 가장 중차대한 일이었다. 전임 군수 시절부터 해결하지 못하고 있던 일이 하나 있었으니, 바로 청평골 자잠 마을의 왜란 부역자인 맹 부자를 잡아서 벌주는 일이었다. 자잠(自潛)이란 마을은 후일 청평댐이 들어서는 동네로 조선 초기에도 큰 비만 오면 마을이 물에 저절로 잠겼다고 하여 붙여진 동네 이름이다. 그러나 원체 땅이 비옥하여 가평군 내에서도 가장 농사가 잘되는 옥토가 끝없이 널려있었다. 맹 부자는 청평 골에서 대대로 내려오는 천석꾼 부호집안의 우두머리로 임진년부터 시작된 7년 전쟁 기간 중에 왜적들에게 자진하여 곡물과 피륙을 제공하여 왜적들이 청평골을 근거지로 하여 가평과 양평 일대를 휩쓸고 다니도록 도와준 인물이었다. 그는 단순히 물자를 제공한 것에 그치지 않고 의병활동을 하는 사람들의 거처까지도 알려준 적극적인 부역자였다.

조정에서는 전쟁이 끝남과 동시에 전국 각처에 방을 내려 왜란 부역자들을 색출하라고 하였는데, 가평에서는 맹 부자를 비롯한 10여 명이 부역자로 지목되었다. 그리하여 지난 1년 여 동안 모두 체포되어 부역의 정도에 합당한 벌을 받았다. 곤장을 맞고 몇 달 동안의

옥살이를 하다 풀려난 자도 있었고 가산을 몰수당하고 천리 밖으로 유배를 간 자도 있었다. 그러나 그중에서도 가평 인근 각처에서 고발이 빗발쳐 제일 주범으로 지목된 맹 부자만은 여전히 그 행방이 오리무중(五里霧中)이었다. 그 이유는 여러 가지가 있었지만 가장 큰 이유는, 같은 동네의 사람들이 대대로 세도를 누리던 맹 씨 문중의 후환이 두려워 그의 행방을 밀고하지 못하는 탓이었다. 이렇게 체포 작전이 지지부진하자 조정에서는 연말까지를 시한으로 주고 그를 잡아들일 것을 재차 명하였다. 이에 한석봉 군수는 포교와 포졸들을 상시로 잠복하게 하였으나 여전히 맹 부자는 잡히지 않고 있었다.

어느덧 가을걷이 철이 다가왔다. 왜란이 끝난 지 두해 가까이 되고 있으니 이제 어느 정도 민심도 수습이 되어가고 하여 모처럼 농민들에게도 힘이 나는 계절이었다. 따가운 햇살 아래 볏단을 가득 실은 소달구지들이 앞서오고 사람이 파묻힐 정도로 지게에 하나 가득 볏단을 실은 짐꾼들이 뒤 따라오며, 그 주변을 농악패들이 날라리를 불고 징과 꽹과리를 치며 흥겹게 돌고 있었다. 농악의 열기가 한창 달아오르던 오후 해질 무렵, 기찰포교의 눈에 이상한 장면이 포착되었다. 맹 부자 집 앞 너른 공터에서 농군과 아낙네들, 그리고 농악패들이 신명나게 놀고 있는데, 조금 전까지만 해도 대문 바로 앞에 놓여 있었던 볏단 낟가리 중 하나가 조금 옆으로 옮겨진 것 같았다. 이른 아침부터 맹 부자네 앞 쪽을 뚫어져라 쳐다보고 있던 기찰포교는 옆에 있던 포졸에게 손가락질을 하며 짚단을 가리켰다. 잠시 숨을 죽이며 지켜보니 과연 낟가리가 조금씩 움직이는 것이 아닌가. 범인 색출의 엄명을 받은 터라 이들의 눈은 그런 조그마한 변화도 그냥 지나치지 않았던 것이다.

둘은 육모방망이를 꼬나 잡고 낟가리를 들이쳤다. 과연 그 속에서는 그들이 여러 날 동안 잠복근무하며 잡으려고 했던 맹 부자가 수염도 덥수룩한 초췌한 모습으로 숨어 있는 것이 아닌가. 맹 부자는 지난 밤, 삼경 무렵에 몰래 집 안에 숨어들었다가 담장 밑에 파묻어 두었던 집문서와 귀중품들을 밤새 챙겨서 광에 틀어박혀 하루 종일 낮잠을 늘어지게 잤던 것이었다. 새벽부터 이제나저제나 하면서 탈출 기회만을 엿보던 중, 오후가 되어 온 동네가 농악놀이에 정신이 팔려 있는 틈을 타서 막 달아나려고 하던 참이었다.

동헌으로 묶어가지고 가서 맹 부자를 문초하여 보니 그동안 인근의 여러 고을에서 큰 어려움 없이 지냈노라고 실토하면서, 그렇게 온 동네가 잔치판을 벌일 때에는 아무래도 출입이 쉬울 것으로 생각하였다는 것이었다.

한석봉 군수는 죄인을 한양으로 압송하면서 그의 죄

상을 낱낱이 적은 취조 내용과 공소장도 함께 올려 보냈다. 그해가 다 가기 전에 결국 맹 부자는 왜적에게 부역한 죄과가 극히 심하다는 판결 하에 참형에 처해졌다는 소식이 전해졌다.

그 다음 해의 모심기 철이 다가와 여러 고을을 둘러보게 되었다. 어느 마을에 다다르자 마을 사람들이 마을의 현안 중에서 가장 시급하다고 하는 일을 다음과 같이 아뢰었다.

"군수님, 올해 벼농사를 하려고 논에 볍씨를 뿌렸는데요, 어느 날부터인가 갑자기 무당개구리 떼들이 몰려와서는 짝짓기를 한다고 온 모판을 휘젓고 다녀서 모판이 모조리 망가져 버릴 지경에 이르렀습니다. 하여 올해 농사를 망치게 되었사오니 어떻게든 꼭 대책을 세워 주십시오."

한석봉 군수는 일단 현장을 둘러본 후 동헌으로 돌아왔다. 이후 여러 날을 궁리한 끝에 다음과 같은 지시를 한다.

"마을에서 무당개구리를 잡아오는 농민들에게는 관에서 무당개구리 값을 쳐주고 모두 매입할 것이다. 그

러니 빠른 시일 내에 무당개구리를 일망타진하도록 하라.”

그러자 그 마을의 농민들은 물론이고 인근 마을의 잡인과 무뢰배까지도 모두 모여들어 무당개구리 잡기에 혈안이 되었다. 한바탕 난리 법석을 떤 후 무당개구리들은 모두 소탕되어 찾아보기가 어려워졌다.

얼마 지나지 않아 무당개구리들을 잡아서 매점매석한 인근 마을의 상고들과 무뢰배들은 관아로 찾아와서 군수와의 대면을 청하였다. 만나보니 그들의 말은 무당개구리를 잡은 지가 언제인데 지금까지도 개구리 값을 계산해 주지 않느냐는 항의였다. 그러자 한석봉 군수는 이런 말로 그들을 물리쳤다.

“나는 그 마을의 농민들에게 무당개구리를 잡으라고 명령하였지 너희들과는 그런 약속을 한 일이 없다. 그렇기 때문에 너희들이 가져 온 무당개구리는 사 줄 수가 없노라.”

결과적으로 무당개구리는 모두 소탕이 되었고 매점매석한 인근 마을의 무뢰배들만 헛수고를 한 셈이었다. 한석봉 군수는 일찌감치 이 일에 인근 고을의 무뢰배와 상고 들이 개입되어서 불의한 이득을 취하려고 모의하였다는 사실을 여러 경로를 통하여 훤히 꿰뚫고 있었던 것이다.

그러나 그들을 건드린 게 한석봉 군수로서는 큰 악재였다. 무당개구리와 연관된 무뢰배들은 가평은 물론 중앙의 관가에까지 영향력이 미치고 있었다. 그들은 집요하게 한석봉 군수를 모함하였다. 그렇지 않아도 한석봉을 못마땅해 하던 중앙의 관료들은 쾌재를 불렀다. 그들은 이런저런 이유를 들어 한석봉의 파직을 청하였다.

"석봉 한호는 군의 행정은 뒷전이고 날이면 날마다 글만 쓰면서 소일하고 있다 하옵니다."

"처결되지 않은 민원들이 산더미처럼 쌓여 있다고 하옵니다."

"석봉은 산에 많은 보물을 쌓아두고 날마다 산에 올라 그것만 살펴보고 있다 하옵니다. 그래서 산 이름도 원래는 버랍산이던 것이 근자에는 '보물을 많이 묻어 둔 산'이라는 뜻으로 보납산(寶納山)으로 바뀌었다 하옵니다."

가평을 떠나기 바로 전날에도 한석봉 군수는 보납

산에 올랐다. 마음이 울적할 때면 오르던 산이다. 산 정상에서 가평 고을을 내려다보면서 석봉은 한참을 시름에 잠겨 있었다. 내가 그렇게도 사랑하던 고을이건만 이제 이곳을 떠나야 한단 말인가. 내가 무엇을 잘못하였던가. 오로지 고을 백성들만을 위하여 이리 뛰고 저리 뛰지 않았던가.

그런 나를 중앙의 관료들은 못마땅하여 계속 헐뜯었다. 혼자 고고한 척하며 이 당에도 어울리지 않고 저쪽에도 어울리지 않으니 내가 그리도 미운 것이리라. 또 초시에만 합격하고도 임금의 총애를 받는 것도 못마땅하리라. 그는 간절히 기도를 올렸다.

'천지신명이시여, 부디 백성들을 보살펴 주시옵소서. 땅을 사랑하고 산을 사랑하고 물을 사랑하며 살아가고 있는 순박한 백성들을 제가 더 이상 보살피지 못하고 떠나나이다. 부디 다음에 오는 군수도 청렴하고 백성만을 아끼는 그런 사람을 보내 주시옵소서……'

21. 흡곡현령으로 부임하다

가평 군수로 채 2년을 근무하지 못하고 다시 발령을 받은 곳은 강원도 금강산 자락의 흡곡이라는 첩첩산골 동네였다.

석봉은 부임지인 흡곡으로 가면서 그 아름다운 자연 풍광에 푹 매료되었다. 울울창창한 송림 사이를 삐죽삐죽 솟아오른 기암괴석들, 동쪽은 동해바다요, 남쪽은 통천이다. 서북쪽은 안변인데, 통천 앞바다에는 그 유명하다는 총석정이 있다. 이렇게 아름다운 곳이라면 속세의 근심걱정을 모두 잊고 살 수 있을 것만 같았다. 오로지 더 차지하려고 아귀다툼을 벌이는 사람들, 자기네 당파만이 옳다하고 상대편은 무조건 밀어내야만 하는 약육강식의 관료 세계, 그 모두가 이런 대 자연 속을 지나며 생각해보니 한갓 뜬구름이라는 생각이 든 것이었다.

석봉이 택한 행로는 철원을 거쳐 오른 쪽에 금강산을 끼고 함흥으로 향하는 길이었다. 이렇게 행로를 잡은 이유는 때마침 예조판서 이정구 대감이 왕명을 받들어 함흥부로 떠나는 때문이었다. 당시 함경도 일대에는 여진 오랑캐들이 심심치 않게 출몰하였다. 석봉이 흡곡으로 떠나기 얼마 전에는 여진족 무리들의 큰 소요가 있었다. 여진 기마 족 수백 명이 함경도 땅을 휩쓸고 마침내는 함흥부의 관아까지 습격한 사건이 터진 것이었다. 그러자 조정에서는 부랴부랴 현지 시정을 파악한다며 최고 책임자로 예조판서 이정구 대감을 파견한 것이었다.

월사 이정구(1564 ~ 1635)는 조선 최고의 중국통으로 이미 30대에 판서의 반열에 올라 선 인물이다. 나이로는 석봉이 한참 위이고 벼슬로는 월사가 한참 위였지만 둘은 그런 것들을 다 떠나서 서로를 높이 존경하였다. 그러던 차에 월사는 왕명을 받들어 함흥으로 떠나게 되고 석봉은 흡곡 현의 현령으로 부임한다는 소식을 접하자 누가 먼저랄 것도 없이 동행을 청하였던 것이다. 아무래도 현령 부임이라는 초라한 행차보다는 둘이 동행하면 여행길에서 서로에게 도움이 될 것이었다.

한양을 떠난 지 엿새 만에 흡곡에 당도하여 보니 뉘 엿뉘엿 지는 저녁 해에 비친 현청의 초라하기란 이루 말할 수가 없을 지경이었다. 오면서 동네를 보니 모두가 초가집뿐이요, 마을 전체를 통틀어서 기와집이라고는 오직 현청 하나뿐이었다. 현청조차도 대문부터 삐뚜름하고 지붕 위에는 깨진 기왓장들이 즐비하였다. 석봉은 한숨이 절로 나왔다. 주민이라고 해 보아야 가평군의 절반도 되지 못하고 그나마도 여기 저기 산속에 살고 있는 화전민들까지를 모두 합한 숫자란다. 그래도 그는 속으로 생각하였다.

'그래, 마음먹기에 달렸음이야. 이곳에서 나의 글씨를 더욱 다듬고 다듬어서 후세에 전하리라.'

그렇게 생각하자 오히려 불끈 새로운 힘이 솟는 것이었다. 석봉이 흡곡의 현령으로 부임한 때는 그의 나이 61세 때인 1603년 8월 초였다. 그는 부지런히 이곳저곳을 돌며 느슨해진 기강을 바로 잡고 현 내의 여러 고을 백성들을 만나며 그들에게 희망을 심어 주었다. 백성들도 이런저런 소문을 들어 조선 최고의 명필께서 첩첩산중 자신들의 고을 원님으로 온다는 소식을 알고 있었다. 비록 가난하나마 그들은 한석봉을 어버이 받들듯 했다. 동해로 고기잡이를 나갔던 어부들은 펄펄 뛰는 싱싱한 물고기를 가지고 왔다. 그중에는 어른 머리통은 됨직한 문어도 있었다. 또 산속을 뒤지는 심마니들은 현령님의 무병장수를 빈다며 귀한 산삼을 바치기도 하였다.

한석봉 현령은 동네의 주민들로부터 선물을 받으면 꼭 그 이상의 답례를 하였다. 그러자 백성들은 정말 명군이 오셨다면서 기뻐하였다. 과거 전임자들은 자신들이 벼슬자리를 얻기 위해서 상납한 본전의 몇 배는 빼먹으려고 가렴주구(苛斂誅求)를 일삼았는데, 새로 오신 원님은 오히려 무엇 하나 더 주지 못해 안타까워 하니 이렇듯 고마우신 분이 또 어디 있겠는가.

어느 가을날에는 금강산 자락의 산골 동네를 돌아보게 되었다. 동네랄 것도 없고 골짜기 여기저기에 널집들이 한두 채씩 띄엄띄엄 흩어져 있는 곳이었다. 금강산 자락 깊은 산속의 집들은 마치 땅바닥에 납작 엎드려 있는 형국이었다. 그래도 그 지붕 위로는 박이 주렁주렁 달려있고 집 뒤에는 사람 키의 한 길이 훌쩍 넘는 옥수수가 가을바람에 흔들리고 있었다. 먹고사는 문제

만 없다면 여기야말로 신선이 사는 곳이 아닐까 싶은 생각이 들 정도로 평화로운 동네였다.

어찌 알았는지 몇 안 되는 동네 사람들이 원님의 방문을 반기며 석봉의 주위로 몰려들었다. 그중 어느 집으로 초대된 석봉은 집 주인 내외가 산나물을 무쳐온다, 동동주를 걸러 내온다, 하면서 호들갑을 떨자 툇마루에 앉아서 이런 시조를 지었다.

짚방석 내지 마라 낙엽엔들 못 앉으랴
솔불 켜지 마라 어제 진 달 솟아 온다
아이야, 변변치 못한 술과 산나물일망정
없다 말고 내 오거라.

현의 살림을 맡아 하랴, 백성들의 삶을 살피랴, 또 이런저런 연고로 청탁 들어오는 글씨를 써주랴, 한석봉 현령은 오히려 한양에서보다 두 배, 세 배로 바빴다. 임진왜란으로 불타버렸던 성균관을 재건하였다고 현판을 써 달라고 하여 대성전(大成展)이라는 글씨를 써주었고, 기자묘에 신도비를 세운다고 평안감사가 부탁하여서 기자묘신비(箕子廟新碑)를 써 주었고, 행주

대첩을 기념하여 비석을 세운다고 하여 행주대첩비(幸州大捷碑)를 써주었다. 그 외에도 이런 저런 지방의 현판이나 묘비명을 써준 것들을 모두 망라하면 그 숫자조차 세기 힘들 정도였다.

강원도 첩첩산중에서의 생활 속에서도 오랜만에 기쁜 날을 맞이하였으니 그것은 석봉이 그처럼 그리고 그리던 친구들이 그 먼 길을 머다 않고 강원도 흡곡을 찾아온 것이었다. 석봉과 거의 같은 시기에 최립이 흡곡의 바로 아래 간성의 군수로 부임하자 바로 이 때를 기다렸다는 듯이 허균과 차천로가 만사를 제쳐놓고 달려왔다. 석봉은 그들을 지체 없이 총석정으로 안내하였다. 때는 춘삼월, 꽃향기가 은은히 감도는 정자에서 바다와 산, 바위가 어우러진 총석정의 절경을 마주하며 당대 조선의 4대 문사들이 모였으니 그들의 시흥은 사흘을 넘기도록 멈출 줄을 몰랐다.

일행 중 제일 좌장 격인 간이 최립은 명종 14년(1559) 식년문과에 장원으로 급제하였으니 선조 27년(1594) 정시문과에 장원급제한 허균과는 급제 연도로만 따져도 35년의 차이가 나는 까마득한 선배였다. 필

펄 뛰는 싱싱한 해물과 금강산 심심유곡에서 캐어 온 더덕을 안주 삼아 술을 마시며 시를 짓고 이런저런 이야기꽃을 피우던 차에 허균이 기어코 가슴속에 품었던 울분을 토해냈다. 백성들의 고혈을 빨아먹는 관의 탐학을 더 이상 두고 볼 수 없다며 그러한 사회상을 고발하는 소설을 쓰겠다는 것이었다.

"이보게 교산, 자네의 울분을 모르는 사람이 어디 있겠나. 그러나 아직도 반상의 구별이 엄격한 시대일세. 나조차도 양반 중에서도 제대로 된 양반이 아니라며 멸시를 당하는 처지라네. 그래서 나는 이곳 흡곡으로 온 이후로는 그저 글씨 연습이나 하고 있다네. 내 교산의 심정을 이해 못 하는 바는 아니지만, 부디 자중하시게나. 내가 보기에 우리 조선 땅에서 그런 서얼의 차별이 없어지려면 앞으로도 족히 삼백 년의 세월이 흘러야 할 것이네."

"그러나 석봉 형님, 저는 이미 머릿속에 소설을 다 써놓았습니다. 연산 임금 무렵에 충청도에서 활약했던 도적 홍길동이 그 주인공입니다."

"그렇다면 그 대강은 어찌 되는가? 이야기가 재미있겠네, 그려."

간이 최립과 석봉 한호가 말리는 입장이라면 소탈한 성격의 차천로는 오히려 장단을 맞추는 편이었다. 오산 차천로가 자신의 편을 들어주자 허균은 신이 나서 이야기한다.

"선배님들, 내 이야기 좀 들어 보시려오? 사람의 재주와 능력은 하늘이 준 것이지 귀한 집 자식이라고 많이 준 것도, 천한 집 자식이라고 적게 준 것도 아니지 않습니까? 제가 과거에 장원을 하였지만 여기저기서 모함하는 자들이 많아 도저히 관직을 유지하기가 어렵습니다. 우리 조선의 서얼 차별 제도는 한시바삐 없어져야 할 병폐에요. 제가 구상하는 소설의 주인공 홍길동은 그런 부조리에 과감히 맞서 싸우다가 저 멀리 중국 남방의 율도라는 섬을 정복하고 그곳에서 왕 노릇을 하는 호걸이외다. 그곳은 양반도 상놈도 없는 곳이요, 백성들이 땀 흘려 일하고 또 일 한 만큼 소출을 걸어 모두가 행복하게 사는 낙원이라는 말이외다."

그러나 낙천적인 차천로까지도 무언가 일이 잘못되어가고 있다는 생각이 들었다. 왜 안 그렇겠는가. 이들이 아무도 없는 동해안 바닷가의 정자에 앉아 이런 이야기를 나누었다는 사실이 입방아를 좋아하는 대신들의 귀에라도 들어가면 역모를 꾀했다는 위험에까지도 이를 수 있는 엄청난 일이 아닌가. 일행의 좌장 격인 간성 군수 최립이 그런 허균을 다독거렸다.

"교산, 부디 자중하시게. 교산의 그 의협지심이 장차 큰 화를 불러 올 수도 있음이야."

한 사람은 울분을 토해내고 나머지는 뜯어 말리는 속에서도 술잔은 계속 돌고 또 돌았다. 어느덧 휘영청 밝은 보름달이 총석정의 바위 위에서 검푸른 동해바다를 비추고 있었다.

흡곡에서의 가장 큰 즐거움은 한양에서처럼 벼슬아치들의 시기와 모함에 시달릴 일이 없어 마음이 편안하다는 점이었다. 석봉은 때때로 활터에 나가서 활시위를 당기기도 하고, 진 사범으로부터 배운 택견을 연마하기도 하였다. 달이 휘영청 밝은 밤에는 그 옛날 어머니로부터 배운 가야금을 타기도 하였다. 그러나 중앙의 탐관오리들은 석봉의 이런 조그마한 호사조차도 허락하지 않았다. 그들은 한석봉이 가끔씩 국가의 중대사가 있어 그의 글씨를 필요로 할 때에 부르면 냉큼냉큼 달려오지 않는다는 트집을 잡아 석봉의 파직을

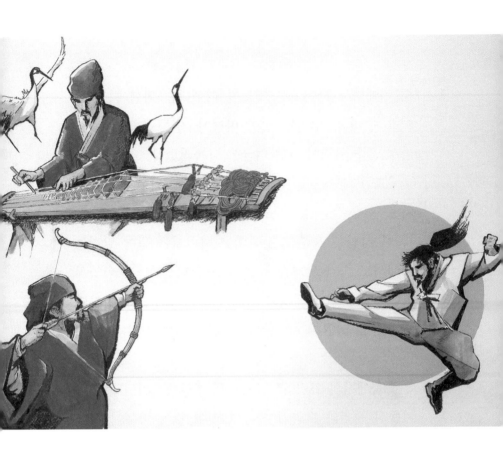

상소하였다. 일부러 정성 들여 쓰지 않는다거나 글자를 틀리게 쓰기도 한다는 것이었다. 원래 한미한 가문이라는 사실을 트집 잡고 있는데다가 석봉의 고향이 송도라는 사실이 또 한몫을 했다. 송도는 고려왕조의 근본으로 조선 왕조가 극도로 싫어하는 곳이었기 때문이었다. 그러나 석봉에게 큰 애정을 갖고 있던 선조 임금은 그런 상소를 받아들이지 않을 뿐만 아니라 오히려 석봉을 두둔하니, 그들은 더욱 더 집요하게 물고 늘어졌다. 결국 한석봉은 흡곡에서의 현령도 겨우 2년을 채우고는 파직되어 한양으로 올라온다. 8월에 가서 9월에 왔으니 겨우 2년하고 한 달을 지낸 셈이었다.

한양으로 와서 뒤돌아보니 많은 사람들이 곁을 떠났다. 석봉은 새삼 인생의 허무함을 뼈저리게 느꼈다. 친자식 이상으로 자신을 사랑하시고 출세의 길을 열어주셨던 영계 신희남 스승마저도 세상을 뜬 지도 벌써 10년이 지났다. 오로지 아내 최 씨 만이 곁을 지켜줄 뿐이었다. 그럴수록 석봉은 더욱 더 글씨에 매달렸다. 석봉의 필명은 조선은 물론 왜국과 중국에까지 널리 알려져 있어서 그의 글씨를 구하려는 사람들이 줄을 섰건만, 석봉은 오로지 자신의 글씨를 더욱 갈고 다듬기에 혼신의 힘을 다하였다.

그러던 어느 날, 또다시 중국에 다녀오라는 왕명이 떨어졌다. 이번에는 명나라에서 황태자를 새로 책봉하는데, 그 일을 축하하러 가는 사절단의 일원이 되어 떠나는 것이다. 정사는 한림원의 최고 우두머리인 이정구요, 동료들 중에는 석봉과 막역한 사이인 이안눌, 차천로, 김현성, 그리고 허균도 있었다. 모두가 당대의 조선을 대표하는 문필가들로 석봉과는 수시로 만나서 술을 나누며 시를 짓는 친구들이었다.

중국을 다녀 온 후에도 석봉은 잠시도 쉬지 못했다. 그의 글씨가 원체 명필이다 보니 조정에서 해야 할 일이 산더미처럼 쌓인 탓이었다. 임진왜란의 후유증도 어느 정도 정리되자 조정에서는 그간 미루어 오던 공신 책봉 작업에 착수하였다. 한석봉은 공신교서를 정리하여 필사하는 작업을 맡게 되었다. 당시에 선무공신 1등에는 이순신, 권율, 원균 3명이 책록되었고, 2등에는 신점 등 2명, 그리고 호성공신 1등에는 이항복과 정곤수, 2등에는 이익과 류성룡 등 34명이 책봉되었다. 석봉도 호성원종공신 1등에 책록되었다.

조정에서 바쁜 일들을 모두 마친 석봉은 요양도 할겸 해서 고향 송도로 향했다. 석봉은 이제 더 이상 관직에 미련을 두지 않았다. 그는 낙향하여 우봉(牛峯)에 머물며 자신이 그동안 썼던 서첩들을 정리하며 말년을 보냈다. 늘 푸르른 다섯 그루의 소나무는 어느 사이에 노송으로 자랐고 가을바람에 간간히 누런 솔잎들을 사방으로 뿌렸다. 그곳에 조그마한 정자를 짓고 그 이름을 오송정(五松亭)이라고 지었는데, 석봉은 하루종일 그곳에서 그동안 썼던 수많은 필적들을 서첩*으로 정리하며 지냈다. 석봉이 당시에 자신의 거처에 대하여 대단히 만족하고 있음은 그의 다음 시에서도 잘 드러난다.

석봉산(石峯山) 아래 움막이 바로 나의 거처이니
자주 빛 부용은 하늘로 만 길이나 치솟았네.
푸른 솔에 높이 앉은 구름 모든 고뇌 끊고
달빛에 앉은 맑은 서리 읊으니 속세 인연 멀어지네.

그러던 차에 반가운 전갈이 왔다. 교산 허균이 바로 인근 고을의 수령으로 발령이 났다는 것이 아닌가. 그로부터 또 두어 달이 지난 춘삼월 꽃이 막 피자마자 교산으로부터 하인이 전갈을 가지고 왔다. 석봉을 초청하는 편지였다.

"사형을 뵌 지도 또 몇 해가 지났나 봅니다. 이제 마침 제가 송도에서 가까운 수안의 군수로 부임하였사오니 형께서 조만간 저의 처소로 오신다면 더할 나위 없

---

* 이때에 정리하고 쓴 작품들이 지금도 국립중앙도서관이나 서울대학교 규장각 등에 귀하게 보관되어 있는데, 대표작으로는 석봉청묘초려시서(石峯淸妙草廬詩序), 한경홍진적(韓景洪眞蹟), 석봉필결(石峯筆訣) 등이 있다.

　는 기쁨으로 여기겠습니다. 여기 연못 앞 정자에서 비
단을 펼치고 두어 말쯤 먹을 갈아 흥이 나는 대로 쓸
수 있도록 준비를 갖추겠습니다. 그렇게 한다면 어찌
왕희지만이 천고의 명예를 독차지할 수 있겠습니까.
사형께서 방문하여 주시는 날을 손꼽아 기다리겠습니
다."

석봉이 갈 수 있는 날을 알려주자 5월에 허균은 수레를 보내 석봉을 맞이하였다. 여기에 오산 차천로까지 가세하여 셋은 오랜만에 만나 두 달 동안을 충천각(沖天閣)이라는 정자에서 머물며 우의를 다지며 지냈다. 허균이 얼마나 반가웠으면 이런 시를 지었을까.

사해의 석봉은 늙어도 높은 바람으로 나를 일으키네.
새로운 시편 도평랙이라면, 필치는 왕우군이로구나.
높은 누대에서 술 마시고 시 읊으니
향기로운 바람이 연꽃을 흔드는구나.

이때 허균은 석봉에게 이백과 소식의 시 뿐만 아니라 반야심경도 필사하여 달라고 하여 책자로 만들었다. 그런데 후일 중국에서 주지번이라는 사신이 왔을 때 이 간행본을 가지고 돌아가니, 중국에 석봉의 필체가 다시 한번 대 유행을 타기에 이르렀다. 주지번은 중국 최고의 명필이자 서예수집가로 중국에서 석봉을 가장 존경하고 흠모하는 인물이었다.

그러나 이것이 교산 허균과 석봉 한호의 마지막 상봉이었다. 석봉은 5월 보름에 충천각의 상량문을 쓰고 우봉으로 돌아와 한 달 만에 이 세상을 하직하니 이때 그의 나이 62세였다. 많은 사람들이 석봉의 타계를 슬퍼하였다. 그중에서도 교산 허균의 슬픔은 이만저만이 아니었다. 원래 한석봉은 허균의 큰형 허성과 친구지간이었다. 허균은 위로 허성, 허봉 두 형과 누나인 초희가 있다. 초희는 여류 문인으로 널리 알려진 허난설헌이다. 형님 같은 친구 석봉을 떠나보내면서 허균은 이런 시를 지었다.

손잡으며 이별한 지 엊그제인데, 옥루에 불려갔다는 소식이라니.
높은 이름 온 누리에 떨쳤고 큰 업적 천추에 기억하리.
통곡하니 천지가 놀라고 슬픈 가락에 일월도 시름하노라.

그토록 석봉과 막역지우로 지내면서 재주를 뽐내던 교산에게 서서히 먹구름이 몰려오고 있었으니, 그가 역모를 꾀하였다는 고변이 사정기관에 들어온 것이었다. 허균은 광해군 10년(1617) 8월에 역모로 몰려 기어이 서소문 밖에서 능지처참(陵遲處斬)을 당하게 된다. 그 때는 이미 석봉 한호도 세상을 뜬 지 10여 년이 지난 후였다.

한석봉, 그 이후의 이야기

석봉 한호가 세상을 뜬 지도 어언 20여 년이 지났다. 그동안 조선은 어마어마한 시련을 겪었다. 임진왜란 당시 분조를 이끌면서 혁혁한 공을 세웠던 세자 광해(1575 ~ 1641)가 왕으로 등극하여 임금이 되자 광해는 대륙의 신흥세력인 후금과 쇠퇴해가는 명나라 사이에서 줄타기를 해야 했다. 사대부들은 오로지 친명만을 주장하였으나, 그가 냉철히 판단하여 볼 때 명나라는 이제 더 이상 중원의 패자가 아니었다. 그는 조만간 후금이 중국 천하를 통일할 것을 꿰뚫어보고 명에도 적당히, 그리고 후금에도 적당히 예를 갖추는 등거리외교 전략을 구사하였다. 그런 그의 정책은 조정 중신들의 강한 반대에 부딪쳐 어려움을 겪기도 하였지만 광해군 특유의 뚝심으로 그럭저럭 잘 유지해 나갈 수 있었다.

광해군은 세자로 있으면서 임진왜란 당시 함경도, 평안도, 강원도, 전라도 땅을 두루 다니면서 백성들의 어려운 형편을 실제로 살펴 본 경험이 있는지라 왕으로 등극하고 나서는 선혜청을 두고 대동법을 실시하는 등, 피폐해진 민초들의 삶을 회복시키기에 힘썼다. 또 후금에서 명과의 마지막 일전을 준비하면서 조선에도 병력을 출동시켜 줄 것을 요청하자 강홍립에게 1만의 군사를 주면서 '적당히 형편을 보아 싸우고 여의치 않으면 후금에 투항하라'는 밀지를 내리기도 하였다.

그러나 서인들이 주동하여 일으킨 반정으로 폐위되어 강화도에 유배되니 때는 1623년이었다. 반정으로 등극한 인조는 사대부들의 주장에 따라 친명 정책으로 방향을 틀었다. 이 때 중국을 통일하고 세력을 키운 후금은 나라 이름도 청(靑)이라고 바꾸고 평소 자신들을 무시하던 조선에게 따끔한 맛을 보여주겠다고 결심하고 조선 땅을 두 차례나 침범하여 쑥대밭으로 만든다. 이 두 차례의 침공이 정묘호란(1627)이요, 병자호란(1636)이다.

남한산성 앞의 삼전도에서 인조 임금이 청 태종에게 머리를 찧으며 사죄를 한 삼배구고두례(三跪九叩頭

禮)의 치욕을 당한 후 조선은 임금의 두 아들인 소현세자와 봉림대군을 청의 수도 심양에 인질로 보내게 된다. 이때에 함께 끌려간 조선의 백성이 30만이라고 한다.

소현세자(1612 ~ 1645)는 심양에서 동생 봉림대군과 함께 나름대로 잘 처신해 나갔다. 청나라 황제의 사냥에 따라다니면서 청나라 고위인사들과 우호적인 관계를 유지했으며, 조선인 포로의 귀환문제와 청나라의 조선에 대한 병력 지원요구 등 여러 정치·경제적 현안을 처리하였다. 소현세자 일행은 청에 인질로 있으면서도 일종의 대사관 역할을 한 셈이다.

소현세자는 조선에 있을 때부터 석봉 한호의 글씨에 매료되어 틈틈이 그의 유작들을 모으기도 하였다. 그는 과거 명나라 사람들이 석봉체에 매료되었던 사실을 기억하고 석봉의 작품들을 자신의 활동에 적절히 활용하였다. 조선에서부터 가지고 온 작품들을 자주 전시하여 놓고 가끔씩은 고관대작들뿐 아니라 일반 백성들도 볼 수 있도록 하였다. 학문이라면 명나라에 심한 열등감을 갖고 있던 오랑캐인 여진족들에게 그런 서화 전시회는 커다란 충격이었다. 그중에서도 특히 석봉의 아름다운 글씨는 그들 청나라 사람들에게 조선이 결코 명나라에 뒤지지 않는 문화국임을 분명하게 각인시켜 주기에 충분하였다.

아버지의 무덤 앞에 무릎을 꿇은 민정은 감개가 무량하였다. 아버지의 뒤를 이어 조선의 서예를 빛낸다는 자부심으로 아버지 못지않게 불철주야 노력하여 이제는 조선 최고의 인재들이 모인 승문원에서도 자타가 공인하는 최고의 필력을 인정받는 몸이 되었다. 그래도 오늘 같은 영광이 찾아 올 줄은 언감생심 꿈도 꾸지 못한 일이었다. 세자 저하께서 몸소 아버지의 묘소를 찾아 주시다니, 어찌 이런 일이 있을까 싶었다. 아버님의 묘석에 술잔을 올리며 민정은 감격에 겨워 눈물을 뚝뚝 흘리었다. 그런 그를 소현세자가 빈 강 씨와 함께 멀리서 지켜보고 서 있었다. 서른세 살 세자는 장차 군주로서의 의젓한 기상이 온 몸에서 넘쳐나고 있었다. 비록 수수한 비단옷에 갓을 쓴 여느 양반과 같은 복색이었지만 왕재로서의 타고난 인품은 숨긴다고 해서 숨겨질 것이 아니었다.

세자 역시도 감회가 남달랐다. 인질로 끌려가서 서러운 삶을 살다가 마침내 꿈에 그리던 고국산천 조선 땅을 밟게 되었다. 병자년(1636) 2월에 끌려가 을유년(1645) 2월에 왔으니 꼬박 9년을 산도 물도 풍토도 다른 곳에서 지내다 온 것이다. 그래도 세자는 그곳에서 마냥 서러워할 수만도 없었다. 함께 끌려온 수십 만 조선 백성들의 어버이로서 의젓한 모습을 보여야 했기 때문이었다. 청에 요청하여 땅을 좀 빌려 달라고 했다. 그곳에 조선에서부터 가지고 온 여러 종류의 씨앗을 뿌렸다. 백성들도 더 이상 정을 붙일 곳이 없었으므로 오로지 농사에만 매달렸다. 끌려간 지 한두 해가 지나자 조선 백성들이 기른 야채며 농작물은 비싼 값에 팔렸다. 농사기술에서 훨씬 앞서 있던 조선 사람들이었으니 오랑캐 청나라 사람들의 입맛을 사로잡는 것은 식은 죽 먹기였다. 게다가 세자 저하와 대군 나리께서 바람막이를 해주니 백성들로서는 오히려 조선에서 지낼 때보다 더 편한 삶을 살게 되었다. 그뿐인가. 세자빈 강 씨가 백성들의 어머니로서 자상하게 대해주니 오히려 백성들로서는 이곳이 그야말로 지상낙원이 아닐까 하는 생각마저 들 정도였다. 단 하나 아쉬운 것이 있다면, 고국산천이 그저 사무치게 그리운 것, 그것 하나뿐이었다. 가족들은 어찌 지내는지, 친척들은 다 무고한지, 우리는 언제나 고향으로 돌아가게 될지, 그런 날이 오기는 올지…….

한석봉의 서화를 몇 점 가지고 간 것이 그렇게나 크게 도움이 될지는 세자 자신도 몰랐다. 그렇게 서너 차례 서화 전시회를 열고나자 청나라 관원들이 조선 사람들을 보는 눈길이 달라졌다. 무슨 청을 하더라도 거절하는 경우가 거의 없이 매사에 협조적으로 변했다. 세자는 그런 그들의 태도변화를 문화적으로 훨씬 높은 수준에 있는 조선 사람들을 함부로 대하면 안 되겠다고 스스로 각성한 때문이라고 판단하였다.

우봉 촌사 주위에 둘러서 있는 다섯 그루의 노송, 이곳이 석봉 한호가 태어난 곳이고 말년을 보낸 곳이라고 했다. 춘삼월의 햇살을 받아 한껏 싱그러운 자태를 뽐내고 서 있는 다섯 그루의 소나무를 보며, 그리고 조금은 퇴락한 두어 칸짜리 초가집을 보며, 소현세자는 자신도 모르게 숙연한 마음이 드는 것이었다. 이런 산골 벽촌에서 동양 최고의 명필이 나오다니, 어머니가 그렇게도 헌신적이었다지……. 봄날 오후의 찬 봄바람에 세자와 세자빈의 옷자락이 펄럭였다.

부록: 한석봉 묘갈명

월사 이정구(1564 ~ 1635)가 지은 석봉의 묘갈명 (墓碣銘)을 보면 한석봉이란 인물이 어떤 사람인지가 가장 정확하게 나타나 있다. 묘갈명이란 묘비에 새겨진 죽은 사람의 행적과 인적 사항에 대한 글을 말한다.

내가 벼슬에서 쫓겨나 향리에서 머물고 있을 때 늘 병을 핑계로 사람들을 사양하였더니, 하루는 가지 않고 기다리는 손님이 있다 하여 마지못해 만났더니 그는 다름 아닌 석봉의 아들 민정이었다. 민정은 '부친의 비석을 세우기에 힘이 모자라지만 아침저녁으로 이 일만을 근심하니 부디 도와 달라.'면서 내게 간청하였다.

내가 처음 글자를 배울 때부터 이미 한석봉을 알았는데, 석봉은 글씨로 천하에 이름을 떨치었고, 나는 쓸데없이 조금 글재주가 있다고 겨우 세상에 이름을 알려

석봉 선생과 가까스로 친구가 될 수 있었다.

그의 행장에 따르면, 석봉의 이름은 호(濩)요, 자는 경홍(景弘)이며, 석봉(石峯)은 그의 호다. 오대조 한대기는 곡산군수를 역임하였고, 조부 한세관 때부터 송도에서 살기 시작하였다. 부친 한언공과 어머니 백 씨가 송도에서 그를 낳았다. 처음 그가 태어났을 때 점쟁이가 '옥토끼가 동쪽에서 태어나 낙양의 종이 값을 올리리니, 이 아이는 반드시 글씨를 잘 써 유명해 질 것입니다.'라고 하였다 한다. 조금 지나서는 선생 스스로 글씨에 정진했는데, 꿈에 왕우군(왕희지)에게 글씨를 받는 꿈을 두 차례나 꾸고서는 더욱 더 글씨 공부에 전념하였다고 한다.

15세에 향시에 응하여 세상을 놀라게 하고 25세는 진사시에 합격하였다. 계미년(1583)에 와서별제에 임명되는 것을 시작으로, 여러 관직을 거쳐 감찰, 한성판관, 호조정랑, 형조정랑, 공조정랑, 가평군수, 흡곡현령 등의 관직을 제수 받았다. 여러 번 원종공신(原從功臣)에 참여하였기 때문에 선생이 사망한 뒤에 호조참의에 추증되었고, 부친에게는 호조참판이 그리고 모친 백 씨에게는 정부인이 추증되었다.

석봉은 명필로 한 시대를 살았는데, 조정에서 명나라에 사신을 보낼 때는 항상 석봉을 빼놓지 않았다. 임신년(1572)에 원접자 정유길의 행차, 임오년(1582)에 율곡 선생의 행차, 계사년(1593)에 주청사행, 그리고 신축년(1601)에 내가 정사로 갈 때, 등등 모든 명나라행 사신행차에 한석봉은 필수 요원으로 동행하였다. 특히 내가 명나라 사신을 맞으러 원접사로 나갈 때 그와 동행하기를 조정에 청하여 허락을 득한 후, 우리 들은 의주 관아에서 함께 머물며 그 해를 넘긴 적도 있었다.

석봉이 이르는 곳마다 반드시 모든 사람들을 놀라게 하였으니, 명나라 제독 이여송, 마귀, 등계달, 그리고 류구(오키나와) 사신 양찬이 모두 그의 필적을 구하여 돌아갔고, 이 때문에 석봉의 글씨가 온 천하에 널리 퍼졌다. 특히 왕세정은 필담으로 말하기를, '석봉의 글씨는 고래가 돌을 할퀴는 듯 하고 목마른 천리마가 샘으로 치달리는 듯하다.'라고 칭찬하였다. 그뿐인가. 주지번은 우리나라에 와서 '석봉의 글씨는 마땅히 왕희지나 안진경과 우열을 다툴만하다.'라고 극찬하였다. 그의 글씨가 더욱 귀중해지니 중국 사람들은 그의 글씨를 가문의 보배로 여기는 사람들이 부지기수였다.

선왕(선조)과 금상왕(광해군)께서는 석봉의 글씨를 병풍으로 만들어 놓고 아침저녁으로 보면서 즐기셨다. 두 분 왕들께서 내리신 하사품 또한 다 헤아릴 수 없을 정도이며, 석봉이 아프다면 의원을 보내 치료하여 주셨고, 경사가 있다하면 내시를 보내어 잔치를 베풀어 주셨다.

특히 선왕께서는 석봉을 가평의 군수로 내보내시면서 '하늘과 땅이 취한 가운데 그 붓놀림은 마치 하늘의 조화를 빼앗는 듯하다.'라는 뜻의 취리건곤 필탈조화(醉裡乾坤 筆奪造化) 여덟 글자를 써 주시었다. 그러면서 '너의 글씨를 구하는 사람은 너의 필법을 후세에 전하여야 할 것인즉, 싫증이 나면 억지로 쓰려 들지 말라. 게으르지도 말고 서두르지도 말라.'라고 당부하셨다.

석봉은 계묘년(1543)에 태어나 을사년(1605)에 타계하니 62년을 살았다. 학생 최담의 따님에게 장가를 들어 아들 하나를 두었으니, 그가 바로 이 묘갈명을 써 달라고 부탁하러 온 민정이다. 민정도 진사시에 합격하여 역시 글씨에 능하니 지금은 승문원(承文院)에서 근무한다.

석봉은 사람됨이 과묵했다. 활도 잘 쏘았으며 음주를 즐겨 문득 취해 흥이 나면 쉬지 않고 읊고 썼다. 그의 명성이 높아지고 임금의 총애를 받자 그를 질투하고 시기하는 무리들도 있었지만, 죽음에 이르러 석봉처럼 몸과 이름을 온전히 하고 임금의 은혜를 보전한 사람은 드물다. 한때의 공영이란 모기나 파리처럼 하찮은 것일 뿐이다.

아, 밝고 아름다운 마침이여! 그 명성 후세에 베풀어지리니, 이 또한 마땅한 일이리라. 아, 석봉이여! 영원히 사라지지 않을 그대 이름이여, 그대의 이름으로 인하여 나의 문장도 더욱 빛이 날 것이다.

靡恃己長

감사의 글

　제대로 된 한석봉 선생의 일대기를 만들어보자고 우리 두 사람이 의기투합한 것이 꼭 1년 6개월 전의 일이다. 시중에 유통되고 있는 도서 10여 종을 살펴보니 모두가 부실하였다. 사실(事實)의 상당부분이 뭉텅이로 빠져있었던 것이다.

　그래서 도서나 연구논문은 물론 인터넷도 샅샅이 뒤졌다. 석봉의 발길이 닿은 곳을 직접 찾아 이곳저곳을 돌아다녔다. 아쉬웠던 점은 우리가 흔히 조선 최고의 명필이라고 칭송하고 있는 석봉 한호 선생에 관련된 자료가 그다지 많이 남아 있지 않다는 사실이었다. 그래도 전혀 소득이 없었던 것은 아니었다. 가장 큰 소득은 전라도 영암에서 향토사학을 연구하고 계신 김희규 전 영암문화원장과 목포대학교의 이경엽 교수님으로부터 소중한 자료를 얻은 것이라고 할 수 있겠다.

지금껏 한석봉 관련 서적에서 최대의 문제점은 선생의 12세부터 24세까지 기록이 거의 없다는 점이다. 최근까지 발간된 모든 도서를 살펴보아도 이 기간 동안 석봉 선생의 이야기라고는 그저 어머니와 글씨 쓰기 - 떡 썰기 시합을 벌였다는 정도이다. 어느 것 하나도 영암에서의 생활을 기술한 것이 없다. 단지 인터넷에 떠도는 몇몇 이야기들이 석봉 선생이 영암에서 신희남 선생의 제자로 지냈다고 되어 있을 뿐이다. 그것의 신빙성을 확인할 수가 없었던 차에, 그 문제를 해결하여 주신 분이 김희규 선생님과 이경엽 교수님이었다.

　목포대학교 이경엽 교수님의 소논문 〈설화를 통해 본 한석봉과 영암의 관계〉는 영암에서 살았다고 추정되는 여러 가지 설화들을 한 데 묶어 놓은 것으로, 그것이 사실임을 입증해 주는 수많은 분들과의 인터뷰 내용도 기록되어 있다. 총 23쪽에 달하는 논문을 압축해 보면, 한석봉이 영암에서 신희남 선생의 제자로 글공부를 했다는 이야기나 어머니가 영암 아천포 시장에서 떡 장사를 했다는 이야기는 상당부분이 사실임을 알 수 있다. 이 책은 이러한 확인 가능한 자료들에 약간의 재미를 더하여 이야기를 꾸몄음을 아울러 밝혀

둔다. 소중한 자료의 사용을 허락하여 주신 두 분께 깊은 감사의 말씀을 전한다.

또 한 곳 감사할 곳은 가평문화원이다. 군 차원에서 한석봉의 이름을 알리기 위해 노력하는 가평군은 도로명에도, 도서관이나 체육관의 명칭에도 한석봉이라는 이름을 사용한다. 그런 가평군의 군립기관인 가평문화원에서 발간한 〈석봉실기石峯實記〉는 한석봉 연구에 없어서는 안 될 독보적인 서책임에 분명하다. 본 작품도 기본적인 뼈대를 〈석봉실기〉의 내용을 참고하여 잡았음을 고백한다.

삽화를 맡아주신 정병권 화백님에 대한 감사도 빼놓을 수가 없다. 정병권 화백님은 우리나라 애니메이션의 효시이자 과거 오랜 기간 동안 서울신문사의 삽화가로 활동하셨던 분이다. 80대 중반의 연세에도 불구하고 이 책의 그림을 맡아 무려 100점에 가까운 그림을 그려주셨다. 이 책을 '한석봉에 관한 기념비적인 작품'으로 만들어 보자고 하신 화백님의 열정은 책의 곳곳에 고스란히 살아 숨 쉬고 있다.

교정 작업에 참여해주신 한석봉연구원의 김지령 님, 박고련 님, 김산성 님께도 감사를 드린다.

그 밖에도 많은 분들이 이 책이 나오기까지 물심양면의 지원을 아끼지 않으셨다. 함께한 모든 분들께 지면을 통하여마나 감사의 말씀을 전하고 싶다.

이런 모두의 정성이 모인 졸저 〈한석봉 평전〉이 이제 세상에 선을 보인다. 아무쪼록 이 책이 널리 읽히고 또 많은 곳에 비치되어서 자식을 위해 헌신한 어머니의 표상이요, 그런 어머니의 둘도 없는 효자인 석봉의 이야기가 두루두루 전파되기를 기원한다.

_ 2022년 중추절에 가평에서 저자일동

박종민 저자가 세계 최초로 세운
한석봉천자문비 - 가평 보납산 소재

한석봉 평전   초판 1쇄 2022년 11월 25일

지은이   박종민, 다니엘 최
펴낸이   최대석
편집   최연
디자인   김진영

펴낸곳   행복우물
등록번호   제307-2007-14호
등록일   2006년 10월 27일
주소   경기도 가평군 가평읍 경반안로 115
전화   031)581-0491
팩스   031)581-0492
홈페이지   www.happypress.co.kr
이메일   contents@happypress.co.kr
ISBN   979-11-91384-36-9　03810
정가   22,000원

이 책의 국립중앙도서관 출판예정도서목록(CIP)은
서지정보유통시스템 홈페이지(http://seoji.nl.go.kr)와
국가자료공동목록시스템(http://nl.go.kr/kolisnet)에서
이용하실 수 있습니다.

Publisher's Note

뉴욕, 사진, 갤러리 최다운

"깊이 있는 작품들과 영감에 관한 이야기들"

라이선스를 통해 가져온 세계적 거장들의 사진을 즐길 수 있는 기회! 존 시르, 마쿠스 브루네티, 위도 웜스, 제프리 밀스테인, 머레이 프레데릭스, 티나 바니, 오사무 제임스 나카가와, 다나 릭센버그, 수전 메이젤라스, 리처드 애버든, 로버트 메이플소프, 안셀 애덤스, 어윈 블루멘펠드, 해리 캘러한, 아론 시스킨드. 최다운은 뉴욕의 사진 갤러리들, 그리고 사진 작품들의 매력과 이야기들을 생동감 있게 전해준다.

내 인생을 빛내 줄 사진 수업 유림

"사진 입문자들을 위한 기본기부터 구도, 아이디어,

촬영 팁, 스마트폰 사진, 케이스 스터디까지"
좋은 사진을 찍고자 하는 사람이라면 누구에게나 도움이 될 수 있는 지식과 노하우를 담았다. 저자가 사진작가로서 경험하고 사유했던 소소한 이야기들도 이 책만의 매력이다. 사진을 잘 찍기 위한 테크닉 뿐만 아니라 좋은 아이디어를 얻는 방법과 저자가 영감을 받은 작가들의 이야기를 섞어 읽는 재미를 더한다.

김경미의 반가음식 이야기 김경미

"건강식에도 품격이! '한식대첩'의 서울 대표, 대통령상

수상 김치명인이 공개하는 사대부 양반가의 요리 비법"
김경미 선생이 공개하는 반가의 전통 레시피
　하나. 균형잡힌 전통 다이어트 식단
　둘. 아이에게 좋은 상차림
　셋. 몸을 활성화시켜주는 상차림
　넷. 제철 식단과 별미음식
그리고 소소하고 행복한 이야기들

자기객관화 수업

현실적응력을 높이는 철학상담   모기룡

가스라이팅   자기객관화

서양철학은 우리도 모르는 사이에 우리의 사고를 주도
하고 있다. 이를 테면,

너 자신을 믿어라 / 주체적으로 사고하라 / 고유한 너 자
신을 찾아라 / 언제나 긍정적인 마음을 가져라 / 세상의
중심은 너다

이런 모토들은 장점도 있지만
그로 인해 외부의 관점을 무시하게 되는
부작용을 낳는다.
구루는 다음과 같이 말한다.

"이 모토들은 자신의 내면에 있는
것이 진짜 자신이라거나 가장
중요하다고 생각하게 만들지요.
그리고 타인들이 생각하는 나의
모습은 가짜이거나 중요하지
않다고 생각하게 만들지요."

CC 자기 객관화 수업

현실적응능력을 높이는 철학상담

모기룡

행복우물

산만한 그녀의 색깔 있는 독서

윤소희

새벽을 깨우는 독서와
사유의 기록;

에세이, 시, 소설 등
넓고 깊은 독서를 하고 싶은데
어디서 부터 시작해야 할까?

윤소희 작가는 수년 째 매일 새벽,
읽고 쓰는 삶을 SNS에 공유하며
독자들에게 호평을 받고 있다.
책에는 윤소희 작가가 특별히
엄선한 작품들이 블랙,
화이트, 핑크 등 '컬러'라는
테마와 함께 공개된다.

Yoon Sohee

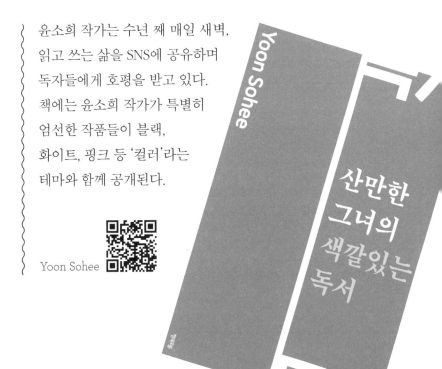

Yoon Sohee

산만한
그녀의
색깔있는
독서

● 문장
X
문장

"손가락 사이로 미끄러지는 빛은 우리의 마음을 헤쳐 놓기에 충분했고,
하얗게 비치는 당신의 눈을 보며 나는, 얼룩같은 다짐을 했었다."
_ 이제,『옷을 입었으나 갈 곳이 없다』일부

"곁에 머물던 아름다움을 모두 잊어버리면서 까지 나는 아픔만 붙잡고
있었다. 사랑이라서 그렇다."
_ 금나래,『사랑이라서 그렇다』일부

"'사랑'을 입에 담지 말 것. 그리고 문장 밖으로 나오지 말 것."
_ 윤소희,『여백을 채우는 사랑』일부

● 경영 경제 자기계발
○ 다가오는 미래, 축복인가 저주인가: 2023 4차 산업혁명 이후 삶과 세계 / 김기홍
　 앞으로 10년에서 20년, 제4차 산업혁명이 가져다 주는 미래는 축복일까, 저주일까?
○ 리플렉션: 리더의 비밀노트 / 김성엽
　 연매출 10조 원, 댄마크 '댄포스 그룹'의 동북아 총괄 김성엽 대표의 삶과 경영
○ 재미의 발견 / 김승일 + [대만 수출 도서]
　 "뜨는 콘텐츠에는 공식이 있다!" 100만 유튜브 구독자와 高 시청률 콘텐츠의 비밀
○ 야 너도 대표될 수 있어 / 장보윤 박석훈 김승범 주학림 김성우
　 코로나와 경기침체는 스타트업 창업 절호의 기회. 전문가들의 스타트업 성공 메뉴얼

● 인문 사회 독서
○ 한 권으로 백 권 읽기(1~2)/ 다니엘 최
　 이 시대에 꼭 필요한 명품도서 300종을 한 곳에 모아 해설과 함께 읽는다
○ 산만한 그녀의 색깔있는 독서/ 윤소희
　 특색있는 소설, 에세이, 인문학적 사유를 담은 책들에 관한 독서 마니아의 평설
○ 독특한건 매력이지 잘못된게 아니에요 / 모기룡
　 인지과학 전문가 모기룡 박사가 풀어내는 독특함에 대한 철학적, 인문학적 고찰
○ 가짜세상 가짜뉴스 / 유성식
　 가짜뉴스의 발생 원인은 뭘까? 가짜뉴스에 대한 통찰력 가득한 흥미로운 여행

● 종교 정신세계
○ 모세의 코드/ 제임스 타이먼 + [리커버]
　 좌절과 실패를 경험한 이들을 위한 우주의 비밀들. 독자들의 성원으로 개정판 출시
○ 죽음 이후의 삶/ 디펙 쵸프라 + [리커버] 출간예정
　 죽음, 인간의 의식 세계, 영혼에 대해서 규명한 디펙 쵸프라의 역작
○ 4차원의 세계/ 유광호
　 우리는 어디서 와서 어디로 가는가? 우주의 에너지 정보장, 전생과 환생의 비밀들